（明）吴承恩 撰

李卓吾先生批評西遊記

第一二册

國家圖書館出版社

第二册目録

第七十八回　比丘憐子遣陰神　金殿識魔談道德……一
第七十九回　尋洞求妖逢老壽　當朝正主救嬰兒……二七
第八十回　嫁女育陽求配偶　心猿護主識妖邪……五三
第八十一回　鎮海寺心猿知怪　黑松林三衆尋師……八一
第八十二回　姹女求陽　元神獲道……一〇九
第八十三回　心猿試得丹頭　姹女還歸本性……一三九
第八十四回　難滅伽持圓大覺　法王成正體天然……一六七

第七十八回

比丘憐子遣陰神　金殿識魔談道德

一念才生動百魔，脩持最苦奈他何。但憑洗滌無塵垢，也用收拴有琢磨。掃退萬緣歸寂滅，蕩除千怪莫蹉跎。管教跳出樊籠套，行滿飛昇上大羅。

話說孫大聖用盡心機，請如來收了衆怪，解脫三藏師徒之難，離獅駝城西行，又經數月，早值冬天，但見那：

嶺梅將破玉，池水漸成冰。紅葉俱飄落，青松色更新。淡雲飛欲雪，枯草伏山平。滿目寒光迥，陰陰透骨冷。

師徒們沖寒冒冷，宿雨餐風，正行間，又見一座城池。三藏

問道悟空那廂又是甚麼所在行者[illegible]至跟前自知若是
西邸王位須要倒換關文若是府州[illegible]徑過師徒言語未
畢早至城門之外三藏下馬一行四衆進了月城見一個
老軍在向陽牆下偎風而睡行者近前揝他一下叫聲長
官那老軍猛然驚覺麻麻糊糊的睜開眼看見行者連忙
跪下磕頭叫爺爺行者道你休胡驚作姪我又不是甚麼
惡神你叫爺爺怎的老軍磕頭道你是雷公爺爺行者[illegible]
胡說吾乃東土去西天取經的僧人適才到此不知地[illegible]
問你一聲的那老軍聞言却才正了心打個呵忺爬起來
伸伸腰道長老長老恕小人之罪此處地方原喚比丘國

今改作小子城行者道國中有帝王否老軍道有有有行
者却轉身對唐僧道師父此處原是比丘國今改小子城
但不知改名之意何故也唐僧疑惑道既云比丘又何云
○何○異○今○日○秀○才○解○書○
小子八戒道想是比丘王崩了新立王位的是個小子故
名小子城唐僧道無此理無此理我們且進去到街坊上
再問沙僧道正是那老軍一則不知二則被大哥諕得胡
說且入城去詢問又入三層門裏到通衢大市觀看道也
衣冠濟楚人物清秀但見那
酒樓歌館語聲喧綵鋪茶房高掛帘萬戶千門生意好
六街三市廣財源買金販錦人如蟻奪利爭名只爲錢

禮貌莊嚴風景盛河清海晏太平年
師徒四衆牽着馬挑着擔在街市上行勾多時看不盡繁華氣槩但只見家家門戶一個鵞籠三藏道徒弟阿此處人家都將鵞籠放在門首何也八戒聽說左右觀之果是鵞籠排列五色彩段遮幔獃子笑道師父今日想是黃道良辰宜結婚姻會友都行禮哩行者道胡談那里就家家都行禮其間必有緣故等我上前看看三藏扯住道你莫去你嘴臉醜陋怕人怪你行者道我變化個兒去來好大聖捏着訣念聲呪語搖身一變變作一個蜜蜂兒展開翅飛近前邊鑽進幔裏覰看原來裏面坐的是個小孩兒再

去第二家籠裏看也是個小孩兒連看八九家都是個小孩兒却是男身更無女子有的坐在籠中頑耍有的坐在裏邊啼哭有的喫果子有的或睡坐行者看罷現原身回報唐僧道那籠裏是些小孩子大者不滿七歲小者只有五歲不知何故三藏見說疑思不定忽轉街見一衙門乃金亭館驛長老喜道徒弟我們且進這驛裏去一則問他地方二則撒和馬匹三則天晚投宿沙僧道正是快進去耶四衆忻然而入只見那在官人果報與驛丞接入門各各相見敘坐定驛丞問長老自何方來三藏言貧僧東土大唐差往西天取經者今到貴處有關文理當照驗權借

高衙一歇。驛丞即命看茶。茶畢。即辦支應。命當直的安排管待。三藏稱謝。又問今日可得入朝見駕。照驗關文。驛丞道。今晚不能。須待明日早朝。今晚且於敝衙門寬住一宵。少頃。安排停當。驛丞即請四衆。同喫了齋供。又教手下人打掃客房安歇。三藏感謝不盡。旣坐下。長老道。貧僧有一件不明之事。請教。煩爲指示。貴處養孩兒。不知怎生看待。驛丞道。天無二日。人無二理。養育孩童。父精母血。懷胎十月。待時而生。生下乳哺三年。漸成體相。豈有不知之理。三藏道。據尊言。與敝邦無異。但貧僧進城時。見街坊人家。各設一鵝籠。都藏小兒在內。此事不明。故敢動問。驛丞附耳低言道、長老莫管他、莫問他、也莫理他、說他、請安置、明早走路、長老聞言、一把扯住不放、定要問個明白、驛丞搖頭搖指、只叫謹言、三藏一發不放、執死的要問個詳細、驛丞無奈、只得遣去一應在官人等、獨在燭光之下、悄悄而言道、適所問鵞籠之事、乃是當今國主無道之事、你只管問他怎的、三藏道、何爲無道、必見教明白、我方得放心、驛丞道、此國原是比丘國、近有民謠、改作小子城、三年前有一老人、打扮做道人模樣、携一小女子、年方一十六歲、其女形容嬌俊、貌若觀音、進貢與當今陛下、愛其色美、寵幸在宮、號爲美后、近來把三宮娘娘、六院妃子、全無正眼相覷、

不分晝夜貪懽不已如今弄得精神瘦倦身體尫羸飲食
少進命在須臾太醫院檢盡良方不能療治那進女子的
道人受我主誥封稱為國丈國丈有海外秘方甚能延壽
前者去十洲三島採將藥來俱已完備但只是藥引子利
害單用着一千一百一十一個小兒的心肝煎湯服藥服
後有千年不老之功這些鵝籠裏的小兒俱是選就的養
在裏面人家父母懼怕王法俱不敢啼哭遂傳播謠言叫
做小兒城此非無道而何長老明早到朝只去倒換關文
不得言及此事言畢抽身而退諕得個長老骨軟觔麻止
不住腮邊淚墮忽失聲叫道昏君昏君為你貪懽愛美弄

出病來怎麼屈傷這許多小兒性命苦哉苦哉痛殺我也

有詩爲証

邪主無知失正真　貪歡不省暗傷身　因求永壽戕童命
爲解天災殺小民　僧發慈悲難割捨　官言利害不堪聞
燈前洒淚長吁嘆　痛倒參禪向佛人

八戒近前道師父你是怎的起專把別人棺材擡在自家家裏哭不要煩惱常言道君教臣死臣不死不忠父教子亡子不得不孝他傷的是他的子民與你何干且來寬衣服睡覺莫替古人躭憂三藏滴淚道徒弟呵你是一個不慈憫的我出家人積功累行第一要行方便怎麼這昏君

一味胡行從來也不見喫人心肝可以延壽這都是無道
之事教我怎不傷悲沙僧道師父且莫傷悲等明早倒換
關文覿面與國王講過如若不從看他是怎麼模樣的一
個國丈或恐那國丈是個妖精欲喫人的心肝故設此法
未可知也行者道悟淨說得有理師父你且睡覺明日等
老孫同你進朝看國丈的好歹如不是人只恐他走了傍
門不知正道徒以採藥爲真待老孫將着眼先天之要旨化他
皈正若是妖邪我把他拿住與這國王看看教他寬慾養
身斷不教他傷了那些孩童性命三藏聞言急躬身反對
行者施禮道徒弟呵此論極妙極妙但只是見了昏君不

可便問此事。恐那昏君不分遠近。進作謠言見罪。却怎生區處。行者笑道。老孫自有法力。如今先將鵝籠小兒攝離此城。教他明日無物取心。地方官自然奏表。那昏君必有旨意。或與國丈商量。或者另行選報。那時節借此舉奏。決不致罪坐於我也。三藏甚喜。又道。如今怎得小兒離城。若果能脫得。眞賢弟天大之德。可速爲之。若遲緩些。恐無及也。行者抖擻神威。即起身分付八戒沙僧。同師父坐着。等我施爲。你看但有陰風刮動。就是小兒出城了。他三人一

○○○○○○○菩○提○通○眞○○○○○

齊俱念南無救生藥師佛南無救生藥師佛。這大聖出得門外。打個唿哨。起在半空。捻了訣。念動眞言。叫一聲唵淨

法界，拘得那城隍土地，社令真官，並五方揭諦，四值功曹，六丁六甲，與護教伽藍等衆，都到空中，對他施禮道，大聖夜喚吾等，有何急事，行者道，今因路過比丘國，國王無道聽信妖邪，要取小兒心肝，做藥引子，指望長生，我師父十分不忍，欲要救生滅怪，故老孫特請列位，各使神通，與我把這城中各街坊人家鵝籠內的小兒，連籠都攝出城外山凹中，或樹林深處，收藏一二日，與他些果子食用，不得餓損，再暗的護佑，不得使他驚恐啼哭，待我除了邪，治了國，勸正君王，臨行時，送來還我，衆神聽令，即便各使神通按下雲頭，滿城中，陰風滚滚，慘霧漫漫，陰風刮暗一天星慘霧遮昏千里月起初時還蕩蕩悠悠次後來就轟轟烈烈悠悠蕩蕩各尋門戶救孩童烈烈轟轟都看鵝籠援骨血冷氣侵人怎出頭寒威透體衣如鐵父母徒張皇兄嫂皆悲切滿地捲陰風籠兒被神攝此夜縱孤悽天明盡懽悅有詩爲証

釋門慈憫古來多正善成功說摩訶萬聖千真皆積德三皈五戒要從和比丘一國非君亂小子千名是命訛行者因師同教護這場陰騭勝波羅

當夜有三更時分衆神祇把鵝籠攝去各處安藏行者按下祥光徑至驛庭上只聽得他三人還念南無救生藥師

佛哩。他也心中暗喜。近前叫師父。我來也。陰風之起何如。八戒道好陰風。三藏道救兒之事。却怎麽説。行者道已一一救他出去。待我們起身時送還。長老謝了又謝。方才就寢。至天曉。三藏醒來。遂結束齊備道。悟空。我趁早朝倒換關文去也。行者道。師父你自家去。恐不濟事。待老孫和你同去。看那國丈邪正如何。三藏道。你去却不肯行禮。恐國王見怪。行者道。我不現身。暗中跟隨你。就當保護。三藏甚喜。分付八戒沙僧。看守行李馬匹。却才舉步。只驛丞又來相見。看這長老打扮起來。比昨日又甚不同。但見他身上穿一領。

錦襴異寶佛袈裟、頭戴金頂毗盧帽、九環錫杖手中拏、胷藏一點神光妙、通關文牒緊隨身、包裹袋中纏錦套、行似阿羅降世間、誠如活佛真容貌、

那驛丞相見禮畢、附耳低言、只教莫管閒事、三藏點頭應聲、大聖閃在門傍、念個咒語、搖身一變、變做個蟭蟟蟲兒、嚶的一聲、飛在三藏帽兒上、出了館驛、徑奔朝中、及到朝門外、見有黃門官、即施禮道、貧僧乃東土大唐差往西天取經者、今到貴地、理當倒換關文、意欲見駕、伏乞轉奏、轉奏、那黃門官果為傳奏、國王喜道、遠來之僧、必有道行、教請進來、黃門官復奉旨、將長老請入、長老階下朝見畢、復

請上殿賜坐長老又謝恩坐了只見那國王相貌尩羸精神倦怠舉手處揖讓差池開言時聲音斷續長老將文牒獻上那國王眼目昏濛看了又看方才取寶印用了花押遞與長老長老收訖那國王正要問取經原因只聽得當駕官奏道國丈爺爺來矣那國王即扶着近侍小宦掙下龍床躬身迎接慌得那長老急起身側立於傍回頭觀看原來是一個老道者自玉階前搖搖擺擺而進但見他

頭上戴一頂淡鵝黃九錫雲錦紗巾身上穿一領筋頂梅沉香綿絲鶴氅腰間繫一條紉藍三股攢絨帶足下踏一對麻經葛緯雲頭履手中拄一根九節枯藤盤龍

拐杖頭前掛一個繡龍刺鳳團花錦囊玉面多光輝。鬚髯領下飄。金睛飛火焰長目過眉稍。行動雲隨步。逍遙香霧饒階下衆官都拱接。齊呼國丈進王朝。

那國丈到寶殿前。更不行禮。昂昂烈烈。徑到殿上國王欠身道。國丈仙蹤。今喜早降就請左手繡墩上坐三藏起一步。躬身施禮道。國丈大人。貧僧問訊了。那國丈端然高坐亦不回禮轉面向國王道。僧家何來。國王道。東土唐朝差上西天取經者。今來倒驗關文。國丈笑道。西方之路黑漫漫有甚好處。三藏道。自古西方。乃極樂之勝境。如何不好。那國王問道。朕聞上古有云。僧是佛家弟子。端的不知爲

僧可能不死，向佛可能長生。三藏聞言，急合掌應道，
為僧者，萬緣都罷，了性者，諸法皆空，大智閑閑，澹泊在
不生之內，真機默默，逍遙於寂滅之中。三界空而百端
治，六根淨而千種窮，若乃堅誠知覺，須當識心，心淨則
孤明獨照，心存則萬境皆清，真容無欠亦無餘，生前可
見，幻相有形終有壞，分外何求，行躬打坐，乃為入定之
原，佈惠施恩，誠是修行之本，大巧若拙，還知事事無為，
善計非籌，必須頭頭放下，但使一心不動，萬行自全，若
云採陰補陽，誠為謬語，服餌長壽，實乃虛詞，只要塵塵
緣總棄，物物色皆空，素素純純寡愛慾，自然享壽永無

窮

那國丈聞言付之一笑用手指定唐僧道呵呵呵你這和尚滿口胡柴寂滅門中須云認性你不知那性從何如滅枯坐參禪盡是些盲修瞎煉俗語云坐坐坐你的屁股破火熬煎反成禍更不知我這

修仙者骨之堅秀達道者神之最靈携簞瓢而入山訪友採百藥而臨世濟人摘仙花以砌笠折香蕙以鋪裀歌之鼓掌舞罷眠雲闡道法揚太上之正教施符水除人世之妖氛奪天地之秀氣採日月之華精運陰陽而丹結按水火而胎凝二八陰消兮若恍若惚三九陽長

兮，如杳如冥，應四時而採取藥物，養九轉而修煉丹成
跨青鸞，升紫府，騎白鶴，上瑤京，參滿天之華采，表妙道
之慇懃，比你那靜禪釋教，寂滅陰神，涅槃遺臭殼，又不
脫凡塵，三教之中無上品，古來惟道獨稱尊，
那國王聽說，十分懽喜，滿朝官都喝采道，好個惟道獨稱
尊，惟道獨稱尊，長老見人都讚他，不勝羞愧，國王又叫光
祿寺安排素齋，待那遠來之僧出城西去，三藏謝恩而退
才下殿，往外正走，行者飛下帽頂兒來，在耳邊叫道，師父
這國丈是個妖邪，國王受了妖氣，你先去驛中等齋，待老
孫在這里聽他消息，三藏知會了，獨出朝門，不題，看那行

者一翅飛在金鑾殿翡翠屏中鑽下只見那班部中閃出五城兵馬官奏道我主今夜一陣冷風將各坊各家鵝籠裏小兒連籠都刮去了更無踪跡國王聞奏又驚又惱對國丈道此事乃天滅朕也連月病重御醫無效幸國丈賜仙方專待今日午時開刀取此小兒心肝作引何期被冷風刮去非天欲滅朕而何國丈笑道陛下且休煩惱此兒刮去正是天送長生與陛下也國王道見把籠中之兒刮去何以反說天送長生國丈道我才入朝來見了一個絕妙的藥引強似那一千一百一十一個小兒之心那小兒之心只延得陛下千年之壽此引子喫了我的仙藥就可

延萬萬年也國王漠然不知是何藥引請問再三國丈才
說那東土差去取經的和尚我看他器宇清淨容顏齊整
如今和尚更無一個做得
乃是個十世修行的真體自幼爲僧元陽未泄比那小兒
引子
更強萬倍若得他的心肝煎湯服我的仙藥足保萬年之
壽那昏君聞言十分聽信對國丈道何不早說若果如此
有効適才留住不放他去了國丈道此何難哉適才分付
光祿寺辦齋待他他必喫了齋方才出城如今急傳旨將
各門緊閉點兵圍了金亭館驛將那和尚拿來必以禮求
其心如果相從即時剖而取出遂御葬其屍還與他立廟
享祭如若不從就與他個武不善作即時綑住剖開取之

有何難事，那昏君如其言，即傳旨把各門閉了，又差羽林衛大小官軍，圍住館驛，行者聽得這個消息，一翅飛奔館驛，現了本相，對唐僧道，師父，禍事了，禍事了，那三藏，才與八戒沙僧領御齋，忽聞此言，諕得三屍神散，七竅烟生，倒在塵埃，渾身是汗，眼不定睛，口不能言，慌得沙僧上前攙住，只教師父甦醒，師父甦醒，八戒道，有甚禍事，有甚禍事你慢些兒說便也罷，却諕得師父如此，行者道，自師父出朝，老孫回視那國丈，是個妖精，少頃有五城兵馬來奏，冷風刮去小兒之事，國王方惱，他却轉教喜懽，道這是天送長生與你，要取師父的心肝做藥引，可延萬年之壽，那昏君聽信誣言所以點精兵來圍館驛差錦衣官來請師父求心也八戒笑道行的好慈憫救的好小兒刮的好陰風今番却撞出禍來了三藏戰兢兢的爬起來扯着行者哀告道賢徒阿此事如何是好行者道若要好大做小沙僧道怎麼叫做大做小行者道若要全命師作徒徒作師方可保全三藏道你若救得我命情愿與你做徒子徒孫也行者道既如此不必遲疑教八戒快和些泥來那獃子即使釘鈀築了些土又不敢外面去在地下擄起衣服撒溺和了一團臊泥遞與行者行者沒奈何將泥撲作一片往自家臉上一安做下個猴像的臉子叫唐僧站起休動再

莫言語貼在唐僧臉上念動咒言吹口仙氣叫變那長老即變做個行者模樣脫了他的衣服以行者的衣服穿上行者却將師父的衣服穿了捻着訣念個咒語搖身變作唐僧的嘴臉八戒沙僧也難識認正當合心粧扮停當只聽得鑼鼓齊鳴又見那鎗刀簇擁原來是羽林衛官領三千兵把館驛圍了又見一個錦衣官走進驛庭問道東土唐朝長老在那里慌得那驛丞戰兢兢的跪下指道在下面客房裏錦衣官即至客房裏道唐長老我王有請八戒沙僧左右護持假行者只見假唐僧出門施禮道錦衣大人陛下召貧僧有何話說錦衣官上前一把扯住道我與

你進朝去想必有取用也唉這正是

妖誣勝慈善　慈善反招凶

畢竟不知此去端的性命何如且聽下回分解

總批

國丈以一千一百一十一箇小兒做藥引子今日小兒科醫生又以藥引子殺無數小兒矣可憐可憐

第七十九回

尋洞求妖逢老壽　當朝正主救嬰兒

却說那錦衣官把假唐僧扯出館驛與羽林軍圍圍繞繞直至朝門外對黃門官言我等已請唐僧到此煩爲轉奏黃門官急進朝依言奏上昏君遂請進去衆官都在堦下跪拜惟假唐僧挺立堦心口中高呼比丘王請我貧僧何說君王笑道朕得一疾纏綿日久不愈幸國丈賜得一方藥餌俱已完備只少一味引子特請長老求些藥引若得病愈與長老修建祠堂四時奉祭永爲傳國之香火假唐僧道我乃出家人隻身至此不知陛下問國丈要甚東西

作引昏君道特求長老的心肝假唐僧道不瞞陛下說心
便有幾個兒不知要的甚麼色樣那國丈在傍指定道那
（猴）
和尚要你的黑心假唐僧道既如此快取刀來剖開腹胸
（昔要黑心是人皆有何須和尚）
若有黑心謹當奉命那昏君懽喜相謝即着當駕官取一
把牛耳短刀遞與假僧假僧接刀在手解開衣服挺起胸
膛將左手抹腹右手持刀唿喇的響一聲把腹皮剖開那
裡頭就骨都都的滾出一堆心來諕得文官失色武將身
麻國丈在殿上見了道這是個多心的和尚假僧將那些
（着眼）
心血淋淋的一個個撿開與衆觀看却都是些紅心白心
黃心慳貪心利名心嫉妬心計較心好勝心望高心我慢

心殺害心狠毒心恐怖心謹慎心邪妄心無名隱暗之心
種種不善之心更無一個黑心那昏君諕得呆呆挣挣口
不能言戰兢兢的教收了去收了去那假唐僧忍耐不住
收了去現出本相對昏君道陛下全無眼力我和尚家都
是一片好心惟你這國丈是個黑心好做藥引你不信等
我替你取他的出來看看那國丈聽見急睜睛仔細觀看
見那和尚變了面皮不是那般模樣咦

認得當年孫大聖　五百年前舊有名

卻抽身騰雲就起被行者翻觔斗跳在空中喝道那里走
吃吾一棒那國丈即使蟠龍拐杖來迎他兩個在半空中

這場好殺

如意棒蟠龍拐虛空一片雲靉靆原來國丈是妖精故將怪女稱嬌色國主貪懽病染身妖邪要把兒童宰相逢大聖顯神通捉怪救人將難解鐵棒當頭着實兇拐棍迎來堪喝采殺得那滿天霧氣暗城池城裡人家都失色文武多官魂魄飛嬪妃綉女容顏改諕得那比丘昏主亂身藏戰戰兢兢沒擺佈棒起如虎出山拐輪却似龍離海今翻大鬧比丘國致令邪正分明白

那妖精與行者苦鬬二十餘合蟠龍拐抵不住金箍棒虛幌了一拐將身化作一道寒光落入皇宮內院把進貢的

妖后帶出宮門并化寒光不知去向大聖接落雲頭到了宮殿下對多官道你們的好國丈阿多官一齊禮拜感謝神僧行者道且休拜且去看你那昏王何在多官道我王見爭戰時驚恐潛藏不知向那座宮中去也行者即命快尋莫被美后拐去多官聽言不分內外同行者先奔美后宮漠然無踪連美后也通不見了正宮東西宮六院槩衆后妃都來拜謝大聖大聖道且請起不到謝處哩且去尋你主公少時見四五個太監攙着那昏君自謹身殿後而來衆臣俯伏在地齊聲啓奏道主公主公感得神僧到此辨明真假那國丈乃是個妖邪連美后亦不見矣國王

聞言，即請行者由皇宮到寶殿，拜謝了道，長老你早間來的模樣那般俊偉，這時如何就改了形容，行者笑道，不瞞陛下說，早間來者是我師父，乃唐朝御弟三藏，我是他徒弟孫悟空，還有二個師弟猪悟能、沙悟淨，見在金亭館驛，因知你信了妖言，要取我師父心肝做藥引，是老孫變作師父模樣，特來此降妖也，那國王聞言，即傳旨着閣下太宰，快去驛中，請師衆來朝，那三藏聽見，行者見了相在空中降妖，嚇得魂飛魄散，幸有八戒沙僧護持，他又臉上戴着一片子臊泥，正悶悶不快，只聽得有人叫道，法師，我等乃比丘國王差來的，閣下太宰，特請入朝謝恩也，八戒笑道師父莫怕莫怕這不是又請你取心想是師兄得勝了請你酬謝哩三藏道雖是得勝來請但我這個臊臉怎麼見人八戒道沒奈何我們且去見了師兄自有解釋真個那長老無計只得扶着八戒沙僧挑着擔牽着馬同去驛庭之上那太宰見了害怕道爺爺呀這都相似妖頭怪腦之類沙僧道朝士休怪醜陋我等乃是生成的遺體若我師兄來見朝見了我師兄他就俊了與衆來朝不待宣召直至殿下行者看見即轉身下殿迎着面把師父的泥臉子抓下吹口仙氣叫正那唐僧即時復了原身精神愈覺爽利國王下殿親迎口稱法師老佛師徒們將馬拴住都上

殿來相見。行者道。陛下可知那怪來自何方。等老孫去與
你一併擒來。剪除後患。三宮六院。諸嬪羣妃。都在那翡翠
屏後。聽見行者說剪除後患。也不避內外男女之嫌、一齊
出來拜告道。萬望神僧老佛大施法力。斬草除根把他剪
除盡絕。誠爲莫大之恩。自當重報。行者忙忙答禮。只教國
王說他住居。國王含羞告道。三年前他到時。朕曾問他。他
說離城不遠。只在向南去七十里路。有一座柳枝坡。清華
庄上。國丈年老無兒。止後妻生一女。年方十六。不曾配人。
願進與朕。朕因那女貌娉婷。遂納了寵幸在宮。不期得疾。
太醫屢藥無功、他說我有仙方。止用小兒心煎湯爲引。是

朕不才。輕信其言。遂選民間小兒。擇定今日午時開刀。取心。不料神僧下降。恰恰又遇籠兒都不見了。他就說神僧十世修真。元陽未泄。得其心。比小兒心更加萬倍。一時誤犯不知神僧識透妖魔。敢望廣施大法。剪其後患。朕以傾國之資酧謝行者笑道實不相瞞。籠中小兒是我師慈悲着我藏了。你且休題甚麽貲財相謝。待我捉了妖怪。是我的功行。叫八戒跟我去來。八戒道謹依兄命。但只是腹中空虛。不好着力。國王即傳旨教光祿寺快辦齋供。不一時齊到。八戒儘飽一飡。抖搜精神。隨行者駕雲而起諕得那國王妃后。並文武多官。一個個朝空禮拜。都道是真仙真佛降臨凡也。那大聖携着八戒徑到南方七十里之地。住下風雲找尋妖處。但只見一股清溪兩邊夾岸。岸上有千千萬萬的楊柳。更不知清華庄在於何處。正是那

萬頃野田觀不盡　千堤烟柳隱無踪

孫大聖尋覓不着。即捻訣念一聲唵字眞言。拘出一個當方土地。戰兢兢近前跪下叫道。大聖。柳枝坡土地叩頭。行者道。你休怕。我不打你。我問你。柳林坡有個清華庄在於何方。土地道。此間有個清華洞。不曾有個清華庄。小神知道了。大聖想是自比丘國來的。行者道。正是正是。比丘國王被一個妖精哄了。是老孫到那廂識得是妖怪。當時戰

退那怪化一道寒光不知去向及問比丘王他說三年前進美女時曾問其由怪言居住城南七十里柳林坡清華庄適尋到此只見林坡不見清華庄是以問你土地叩頭道望大聖恕罪比丘王亦此地之主也小神理當鑒察奈何妖精神威法大知我泄漏他事就來欺淩故此未獲大聖今來只去那南岸九叉頭一顆楊樹根下左轉三轉右轉三轉用兩手齊撲樹上連叫三聲開門即現清華洞府大聖聞言即令土地回去與八戒跳過溪來尋那顆楊樹果然有九條叉枝總在一顆根上行者分付八戒你且遠遠的站定待我叫開門尋着那怪趕將出來你却接應八

戒聞命，即離樹有半里遠近，立下，這大聖依土地之言，近樹根左轉三轉，右轉三轉，雙手齊撲其樹，叫開門開門，霎時間，一聲响喨，吻喇喇的門開兩扇，更不見樹的踪跡，那邊光明霞采，亦無人烟，行者越神威撞將進去，但見那里好個去處，

烟霞幌亮，日月偷明，白雲常出洞，翠蘚亂漫庭，一逕奇花爭艷麗，遍堦遙草鬬芳榮，溫煖氣，景常春，渾如閬苑不亞蓬瀛，滑凳攀長蔓，平橋掛亂藤，蜂啣紅蕋來岩窟蝶戲幽蘭過石屏，

行者急拽步，行近前邊細看，見石屏上有四個大字，清華

仙府他忍不住跳過石屏看處只見那老怪懷中摟着個美女喘噓噓的正講比丘國事齊聲叫道好機會來三年事今日得完被那猴頭破了行者跑近身掣棒高叫道我把你這毿毛團甚麼好機會吃我一棒那老怪丢了美人輪起蟠龍拐急架相迎他兩個在洞前這場好殺比前又甚不同

棒舉迸金光拐輪兇氣發那怪道你無知敢進我門來行者道我有意降妖怪那怪道我戀國主你無干怎的欺心來展抹行者道僧修政教本慈悲不忍兒童活見殺語去言來各恨仇棒迎拐架當心劄促損琪花為顧

上。踢破翠苔因把滑、只殺那洞中霞采欠光明、崖上芳菲俱掩壓、乒乓驚得鳥難飛、吆喝唬得美人散、只存老怪與猴王。呼呼捲地狂風刮。看看殺出洞門來又撞悟能鈇性發。

原來八戒在外邊聽見他們裡面嚷鬧激得他心痒難撓、掣釘鈀、把一顆九叉楊樹鈀倒。使鈀築了幾下。築得那鮮血直冒、嚶嚶的似乎有聲他道這顆樹成了精也這顆樹成了精也、按在地下。又正築處、只見行者引怪出來那獃子不打話。赶上前、舉鈀就築、那老怪戰行者已。是難敵見八戒鈀來愈覺心慌。敗了陣、將身一幌化道寒光徑投東走他兩個決不放鬆向東趕來正當喊殺之際又聞得鸞鶴聲鳴祥光縹緲舉目視之乃南極老人星也那老人把寒光罩住叫道大聖慢來天蓬休趕老道在此施禮哩行者即答禮道壽星兄弟那里來八戒笑道肉頭老兒罩住寒光必定捉住妖怪了壽星陪笑道在這里在這里望二公饒他命罷行者道老怪不與老弟相干為何來說人情壽星笑道他是我的一副脚力不意走將來成此妖怪行者道既是老弟之物只教他現出本像來看看壽星聞言即把寒光放出喝道業畜快現本相饒你死罪那怪打個轉身原來是隻白鹿壽星拿起拐杖道這業畜連我的拐

棒也偷來也。那隻鹿俯伏在地。口不能言。只管叩頭滴淚

但見他。

一身如玉簡斑斑。兩角參差七汊彎。幾度饑時尋藥圃
有朝渴處飲雲潺、年深學得飛騰法。日久修成變化顏、
今見主人呼喚處、現身珉耳伏塵寰、

壽星謝了行者、就跨鹿而行被行者一把扯住道老弟且慢走、還有兩件事未完哩。壽星道還有甚麼未完之事、行者道還有美人未獲、不知是個甚麼怪物、還又要同到比丘城見那昏君現相回旨也、壽星道既這等說、我且寧耐、你與天蓬下洞擒捉那美人來、同去現相可也行者道老

弟畧等等兒我們去了就來那八戒抖擻精神隨行者徑入清華仙府吶聲喊叫拿妖精拿妖精那美人戰戰兢兢正自難逃又聽得喊聲大振即轉石屏之內又沒個後門可以出頭被八戒喝聲那里走我把你這個哄漢子的臊精看鈀那美人手中又無兵器不能迎敵將身一閃化道寒光往外就走被大聖抵住寒光乒乓一棒那怪立不住腳倒在塵埃現了本相原來是一個白面狐狸獃子忍不住手舉鈀往頭一築可憐把那個

傾城傾國千般笑　化作毛團狐狢形

行者叫道莫打爛他且留他此身去見昏君那獃子不嫌

穢汚一把揪住尾子拖拖扯扯跟隨行者出得門來只見那壽星老兒手摸着鹿頭罵道好業畜阿你怎麼背主逃走在此成精若不是我來孫大聖定打死你了行者跳出來道老弟說甚麼壽星道我囑鹿哩我囑鹿哩八戒將個死狐狸攛在鹿的面前道這可是你的女兒麼那鹿點頭幌腦伸着嘴聞他幾聞呦呦發聲似有眷戀不捨之意被壽星劈頭撲了一掌道業畜你得命足矣又聞他怎的即解下勒袍腰帶把鹿叩住頸項牽將進來道大聖我和你比丘國相見去也行者道且住索性把這邊都掃個乾淨庶免他年復生妖孽八戒聞言舉鈀將柳樹亂築行者又

念聲唵字真言依然拘出當方土地叫尋些枯柴點起烈
火與你這方消除妖患以免欺凌那土地即轉身陰風颯
颯帥起陰兵撇取了些迎霜草秋青草蓼節草山蕊草蔞
蒿草龍骨柴蘆荻柴都是隔年乾透的枯焦之物見火如
同油膩一般行者叫八戒不必築樹但得此物填塞洞裡
放起火來燒得個乾淨火一起果然把一座清華妖怪宅
燒作火池坑這裡才喝起土地同壽星牽着鹿拖着狐狸
對國王道這是你的美后與他耍子兒麼那國王膽戰心
驚又只見孫大聖引着壽星牽着白鹿都到殿前諕得那
國裡君臣妃后一齊下拜行者近前攙住國王笑道且休

拜我這鹿兒即是國丈你只拜他便是那國王羞愧無地只道感謝神僧救我一國小兒真天恩也即傳旨教光祿寺安排素宴大開東閣請南極老人與唐僧四衆共坐謝恩三藏拜見了壽星沙僧亦以禮見都問道白鹿既是老壽星之物如何得到此間爲害壽星笑道前者東華帝君過我荒山我留坐着棋一局未終這業畜走了及客去尋他不見我因屈指詢筭知他走在此處特來尋他正遇着孫大聖施威若果來遲此畜休矣敘不了只見報道宴已完備好素宴

五彩盈門異香滿座卓掛繡緯生錦艷地鋪紅毯幌霞

光寶鴨內、沉檀香裊、御筵前、蔬品香馨、看盤高果砌樓臺、龍纏斗糖擺走獸、鴛鴦錠、獅仙糖似模似樣、鸚鵡杯鷺鷥杓、如相如形、席前果品般般盛、案上齋肴件件精、魁圓繭栗、鮮栗子桃、棗兒柿餅味甘甜松子葡萄香膩酒、幾般蜜食數品蒸酥、油劄糖澆、花團錦砌、金盤高壘大饝饝、銀碗滿盛香稻飯、辣爊爊湯水粉條長、香噴噴相連添換美、說不盡蘑菰木香、嫩笋黃精、十香素菜百味珍羞、往來綽摸不曾停、進退諸般皆盛設、

當時敘了坐次、壽星首席、長老次席、國王前席、行者八戒沙僧側席傍又有兩三個太師相陪、左右即命教坊司動

樂、國王擎着紫霞杯、一一奉酒、惟唐僧不飲、八戒向行者道、師兄、果子讓你、湯飯等須請讓我受用受用、那獃子不分好歹、一齊亂上、但來的吃個精空、一席筵宴已畢、壽星告辭、那國王又近前跪拜壽星、求祛病延年之法、壽星笑道、我因尋鹿、未帶丹藥、欲傳你修養之方、你又筋衰神敗、不能還丹、我這衣袖中、只有三個棗兒、是與東華帝君獻茶的、我未曾吃、今送你罷、國王吞之、漸覺身輕病退、後得長生者、皆原於此、八戒看見、就叫道老壽、有火棗、送我幾個吃吃、壽星道、未曾帶得、待改日我送你幾斤、遂出了東閣、道了謝意、將白鹿一聲喝起、飛跨背上、踏雲而去、這朝

中君王妃后，城中黎庶居民，各各焚香禮拜不題。三藏辭
徒弟收拾辭王，那國王又苦留求教。行者道：陛下從此色
欲少貪，陰功多積，凡百事將長補短，自足以袪病延年，就
是教也。遂拿出兩盤散金碎銀，奉為路費，唐僧堅辭，分文
不受。國王無已，命擺鑾駕，請唐僧端坐鳳輦龍車，王與嬪
后俱推輪轉轂，方送出朝。六街三市，百姓羣黎，亦皆盞添
淨水，爐降真香，又送出城。忽聽得半空中一聲風响，路兩
邊落下一千一百一十一個鵝籠，內有小兒啼笑，暗中有
原護的城隍土地，社令真官，五方揭諦，四值功曹，六丁六
甲，護教伽藍等衆，應聲高叫道：大聖，我等前蒙分付，攝去

小兒鵞籠今知大聖功成起行一一送來也那國王妃后
與一應臣民又俱下拜行者望空道有勞列位請各歸祠
我着民間祭祀謝你呼呼淅淅陰風又起而退行者叫城
裡人家來認領小兒當時傳播俱來各認出籠中之兒懽
懽喜喜跑出叫哥哥叫肉兒跳的跳笑的笑都叫扯住唐
朝爺爺到我家奉謝救兒之恩無大無小若男若女都不
怕他相貌之醜擡着猪八戒扛着沙和尚頂着孫大聖撮
着唐三藏牽着馬挑着擔一擁回城那國王也不能禁止
這家也開宴那家也設席請不及的或做僧帽僧鞋褊衫
布襪裡裡外外大小衣裳都來相送如此盤桓將有個月

得離城、又有傳下形神、立起牌位、頂禮焚香供養、這才是

陰功高叠恩山重　救活千千萬萬人

畢竟不知向後又有甚麽事體、且聽下回分解。

總批

誰人沒個玉面狐狸、安得行者打殺。

第八十回

嫁女育陽求配偶　心猿護主識妖邪

却說比丘國君臣黎庶送唐僧四衆出城有二十里之遠還不肯捨三藏勉强下輦乘馬辭別而行目送者直望至不見踪影方回四衆行勾多時又過了冬殘春盡看不了野花山樹景物芳菲前面又見一座高山峻嶺三藏心驚問道徒弟前面高山有路無路是必小心行者笑道師父這話也不像走長路的却似個公子王孫坐井觀天之類（公子王孫定）（是坐井觀天的說得有理說得有理）自古道山不礙路路自通山何必問有路無路三藏道雖然是山不礙路但恐嶮峻之間生怪物密查深處出妖精

八戒道放心放心這里來相近極樂不遠管取太平無事師徒正說不覺的到了山脚下行者取出金箍棒走上石崖叫道師父此間乃轉山的路兒忒好步快來快來長老只得放懷策馬沙僧教二哥你把擔子挑一肩兒眞個八戒接了擔子挑上沙僧攏着韁繩老師父穩坐雕鞍隨行者都奔山崖上大路但見那山

雲霧籠峯頂潺湲湧澗中百花香滿路萬樹密叢叢梅青李白柳綠桃紅杜鵑啼處春將暮紫燕呢喃社已終嵯峨石翠蓋松崎嶇嶺道突兀玲瓏削壁懸崖峻薜蘿草木穠千巖競秀如排戟萬壑爭流遠浪洪

老師父緩觀山景，忽聞啼鳥之聲，又起思鄉之念，兜馬叫道：「徒弟。

我自天牌傳旨意，錦屏風下領關文。觀燈十五離鄉井，才與唐王天地分。甫能龍虎風雲會，却又師徒拗馬軍。行盡巫山峯十二，何時對子見當今。」

行者道：「師父，你常以思鄉為念，全不似個出家人。放心且走，莫要多憂。古人云：欲求生富貴，須下死工夫。」三藏道：「徒弟，雖然說得有理，但不知西天路還在那里哩？」八戒道：「師父，我佛如來捨不得那三藏經，知我們要取去，想是搬了；不然，如何只管不到？」沙僧道：「莫胡說！只管跟着大哥走，只

把工夫捱他終須有個到之之日師徒正自閑敘（着[illegible]）又見一
派黑松大林唐僧害怕又叫道悟空我們才過了那崎嶇
山路怎麼又遇這個深黑松林是必在意行者道怕他怎
的三藏道說那里話不信直中直須防人不仁我也與你
走過好幾處松林不似這林深遠你看
東西密擺南北成行東西密擺徹雲霄南北成行侵碧
漢密查荊棘週圍結蓼却纏枝上下盤藤來纏葛葛去
纏藤藤來纏葛東西客旅難行葛去纏藤南北經商怎
過這林中住半年那分日月行數里不見斗星你看那
背陰之處千般景向陽之所萬叢花又有那千年槐萬

栽檜柰寒松山桃果野芳藂旱芙蓉一攢攢密砌重堆亂紛紛神仙難畫又聽得百鳥聲鸚鵡哨杜鵑啼喜鵲穿枝烏鴉反哺黃鸝飛舞百舌調音鷓鴣鳴紫燕語八哥兒學人說話畫眉郎也會看經又見那大虫擺尾老虎磕牙多年狐貉粧娘子日久蒼狼吼振林就是托塔天王來到此總會降妖也失魂

孫大聖公然不懼使鐵棒上前劈開大路引唐僧徑入深林逍逍遥遥行經半日未見出林之路唐僧叫道徒弟一同西來無數的山林崎嶮幸得此間清雅一路太平這林中奇花異卉其實可人情意我要在此坐坐一則歇馬二

則腹中饑了你去那里化些齋來我喫行者道師父請下馬老孫化齋去來那長老果然下了馬八戒將馬拴在樹上沙僧歇下行李取了鉢盂遞與行者行者道師父穩坐莫要驚怕我去了就來三藏端坐松陰之下八戒沙僧都去尋花覓果閒耍卻說大聖縱觔斗到了半空竚定雲光回頭觀看只見松林中祥雲縹緲瑞靄氤氳他忽失聲叫道好阿好阿你道他叫好做甚原來誇獎唐僧說他是金蟬長老轉世十世修行的好人所以有此祥瑞罩頭若我老孫那五百年前大鬧天宮之時雲遊海角放蕩天涯聚羣精自稱齊天大聖降龍伏虎消了死籍頭戴着三額金

冠。身穿着黃金鎧甲。手執着金箍棒。足踏着步雲履。手下
有四萬七千羣妖。都。稱我做大聖爺爺着實爲人。如今脫
却天災做小伏低與。你做了徒弟。想師父頭頂上有祥雲
瑞藹罩定。徑回東土必定有些。好處老孫也必定得個正
果正自家這。等誇念中間忽然見林南下有。一股子黑氣
骨都都的冒將上來。行者大驚道那。黑氣裏必定有邪了。
我那八戒沙僧。却。不會放甚黑氣。那大聖在半空中詳察
不定。却說三藏坐在林中。明心見性。諷念那摩訶般若波
羅密多心經。忽聽得嚶嚶的叫聲救人。三藏大驚道善哉
善哉這等深林裏有甚麼人叫。想是狼虫虎豹諕倒的待

我看看、那長老起身那步、穿過千年栢、隔起萬年松、附葛攀藤、近前視之、只見那大樹上綁着一個女子、上半截使葛藤綁在樹上、下半截埋在土裡、長老立定脚、問他一句道、女菩薩、你有甚事綁在此間、咦、分明這廝是個妖怪、長老肉眼凡胎、却不能認得、那妖見他來問、淚如泉湧、你看他桃腮垂淚、有沉魚落鴈之容、星眼含悲、有閉月羞花之貌、長老實不敢近前、又開口問道、女菩薩、你端的有何罪過、說與貧僧、却好救你、那妖精巧語花言、虛情假意、忙忙的荅應道、師父、我家住在貧婆國、離此有二百餘里、父母在堂、十分好善、一生的和親愛友、時遇清明、邀請諸親、及本家老小拜掃先塋一行轎馬都到了荒郊野外至塋前擺開祭祀剛燒化紙馬只聞得鑼鳴鼓响跑出一夥强人持刀弄杖吶殺前來慌得我們魂飛魄散父母諸親得馬得轎的各自逃了性命奴奴年幼跑不動諕倒在地被衆强人拐來山內大大王要做夫人二大王要做妻室第三第四個都愛我美色七八十家一齊爭吵大家都不忿氣所以把奴奴綁在林間衆强人散盤而去今已五日五夜看看命盡不久身亡不知是那世裡祖宗積德今日遇着老師父到此千萬發大慈悲救我一命九泉之下决不忘恩說罷淚下如雨三藏真個慈心也就忍不住吊下淚來

聲音哽咽叫道徒弟那八戒沙僧正在林中尋花覓果僑
聽得師父叫得悽愴獃子道沙和尚師父在此認了親耶
沙僧笑道二哥胡纏我們走了這些時好人也不曾撞見（好人）
一個親從何來八戒道不是親師父那里與人哭麼我和（原少如何容易撞見）
你去看來沙僧真個囘轉舊處牽了馬挑了擔至跟前叫
師父怎麼說唐僧用手指定那樹上叫八戒解下那女菩
薩來救他一命獃子不分好歹就去動手却說那大聖在
半空中又見那黑氣濃厚把祥光盡情蓋了道聲不好不
好黑氣罩暗祥光怕不是妖邪害俺師父化齋還是小事
且去看我師父去即返雲頭按落林裏只見八戒亂解繩

見行者上前一把揪住耳聡撲的捽了一跌獃子擡頭看見爬起來說道師父教我救人你怎麼恃自有力將我摜這一跌行者笑道兄弟莫解他他是個妖精弄喧兒騙我們哩三藏喝道你這潑猴又來胡說了怎麼這等一個女（女子正是妖精唐僧緣何看作兩截）子就認得他是個妖怪行者道師父原來不知道都是老孫幹過的買賣想人肉喫的法兒你那里認得八戒噴着嘴道師父莫信這弼馬溫哄你這女子乃是此間人家我們東土遠來不與相較又不是親眷如何說他是妖精他打發我們丢了前去他却翻觔斗弄神法轉來和他幹巧事兒倒踏門也行者喝道夯貨莫亂談我老孫一向西來

那里有甚憊懶處似你這個重色輕生見利忘義的囊糟不識好歹替人家哄了招女婿綁在樹上哩三藏道也罷也罷八戒呵你師兄常時也看得不差既這等說不要管他我們去罷行者大喜道好了師父是有命的了請上馬出松林外有人家化齋你喫四人果一路前進把那妖撇了卻說那妖綁在樹上咬牙恨齒道幾年家聞人說孫悟空神通廣大今日見他果然話不虛傳那唐僧乃童身修行一點元陽未泄正欲拿他去配合成太乙金仙不知被此猴識破吾法將他救去了若是解了繩放我下來隨手捉將去卻不是我的人兒也今被他一篇散言碎語帶去

却又不是勞而無功等我再叫他兩聲看是如何妖精不動繩索把幾聲善言善語用一陣順風嚶嚶的吹在唐僧耳內你道叫的甚麼他叫道師父呵你放着活人的性命還不救昧心拜佛取何經唐僧在馬上聽得又這般叫喚即勒馬叫悟空去救那女子下來罷行者道師父走路怎的又想起他來了唐僧道他又在那裏叫哩行者問八戒你聽見麼八戒道耳大遮住了不曾聽見又問沙僧你聽見麼沙僧道我挑擔前走不曾在心也不曾聽見行者道老孫也不曾聽見師父他叫甚麼偏你聽見唐僧道他叫得有理說道活人性命還不救昧心拜佛取何經救人一

命，勝造七級浮屠。快去救他下來，强似取經拜佛。行者笑道：「師父要善將起來，就沒藥醫。你想你離了東土，一路西來，却也過了許多山場，遇着許多妖怪，常把你拿將進洞，老孫來救你，使鐵棒，常打死千千萬萬。今日一箇妖精的性命，捨不得，要去救他。」唐僧道：「徒弟呀，古人云：勿以善小而不爲，勿以惡小而爲之。還去救他救罷。」行者道：「師父既然如此，只是這個擔兒，老孫却擔不起。你要救他，我也不敢苦勸。我勸一會，你又惱了。任你去救。」唐僧道：「猴頭莫多話，你坐着，等我和八戒救他去。」唐僧回至林裏，教八戒解了上半截繩子，用鈀築出下半截身子。那怪跌跌脚，束束禠喜孜孜跟着唐僧出松林見了行者行者只是冷笑不止唐僧罵道潑猴頭你笑怎的行者道我笑你時來逢好友運去遇佳人三藏又罵道潑猢猻胡說我自出娘肚皮就做和尚如今奉旨西來虔心禮佛求經又不是利祿之輩有甚運退時行者笑道師父你雖是自幼爲僧却只會看經念佛不曾見王法條律這女子生得年少標致我和你乃出家人同他一路行走倘或遇着歹人把我們拿送官司不論甚麽取經拜佛且都打做姦情縱無此事也要問個枴帶人口師父追了度牒打個小死八戒該問充軍沙僧也問擺站我老孫也不得乾淨饒我口能怎麽折辯

第八十回

也要問箇不應三藏喝道莫胡說終不然我救他性命有甚貽累不成帶了他去凡有事都在我身上行者道師父雖說有事在你却不知你不是救他反是害他三藏道我救他出林得其活命怎麼反是害他行者道他當時綁在林間或三五日十日半月沒飯喫餓死了還得個完全身子歸陰如今帶他出來你坐的是個快馬行路如風我們只得隨你那女子脚小那步艱難怎麼跟得上走一時把他丢下若遇着狼虫虎豹一口吞之却不是反害其生也三藏道正是呀這件事却虧你想如何處置行者笑道抱他上來和你同騎着馬走罷三藏沉吟道我那里好與他

同馬他怎生得去三藏道教八戒馱他走罷行者笑道獃子造化到了八戒道遠路沒輕擔教我馱人有甚造化行者道你那嘴長馱着他轉過嘴來計較私情話兒却不便益八戒聞此言搥胸暴跳道不好不好師父要打我幾下寧可忍疼背着他決不得乾淨師兄一生會賍埋人我馱不成三藏道也罷也罷我也還走得幾步等我下來慢慢的同走着八戒牽着空馬罷行者大笑道獃子倒有買賣師父照顧你牽馬哩三藏道這猴頭又胡說了古人云馬行千里無人不能自往假如我在路上慢走你好丟了我去我若慢你們也慢大家一處同這女菩薩走下山去或

到菴觀寺院有人家之處留他在那里也是我們救他一
場行者道師父說得有理快請前進三藏拽步前走沙僧
挑擔八戒牽着空馬行者拿鐵棒引着女子一行前進不
二三十里天色將晚又見一座樓臺殿閣三藏道徒弟那
里必定是座庵觀寺院就此借宿了明日早行行者道師
父說得是各各走動些霎時到了門首分付道你們畧站
遠些等我先去借宿若有方便處着人來叫你衆人俱立
在柳陰之下惟行者拿鐵棒轄着那女子長老拽步近前
只見那門東倒西歪零零落落推開看時忍不住心中悽
慘長廊寂靜古刹蕭疎苔蘚盈庭蒿蓁滿徑惟螢火之飛

燈祗蛙聲而代漏長老忽然吊下淚來眞個是
殿宇凋零倒塌廊房寂寞傾頹斷壁破甎十餘堆盡是
些歪梁折柱前後盡生靑草塵埋朽爛香厨鐘樓崩壞
鼓無皮琉璃香燈破損佛祖金身沒色羅漢倒臥東西
觀音淋壞盡成泥楊柳淨瓶墜地日内並無僧入夜間
盡宿狐狸只聽風响吼聲如雷都是虎豹藏身之處四
下牆垣皆倒亦無門扇關居有詩爲証

多年古刹沒人修狼狽凋零倒更休猛風吹裂伽藍面
大雨澆殘佛祖頭金剛跌損隨淋洒土地無房夜不收
更有兩般堪嘆處銅鐘着地沒懸樓

三藏硬着膽走進二層門見那鐘鼓樓俱倒了止有一口銅鐘扎在地下上半截如雪之白下半截如靛之青原來是日久年深上邊被雨淋白下邊是土氣上的銅青三藏用手摸着鐘高叫道鐘阿你

也曾懸掛高樓吼也曾鳴遠彩梁聲也曾鷄啼就報曉也曾天晚送黄昏不知化銅的道人歸何處鑄銅匠作那邊存想他一命歸陰府他無踪跡你無聲

長老高聲讚嘆不覺的驚動寺裏之人那裏邊有一個侍奉香火的道人他聽見人語扒起來拾一塊斷磚照鐘上打將去那鐘噹的響了一聲把個長老諕了一跌掙起身

要走又絆着脚根撲的又是一跌長老倒在地下擡頭又叫道鐘阿

貧僧正然感嘆你忽的叮噹响一聲想是西天路上無人到日久多年變作精

那道人赶上前一把攙住道老爺請起不干鐘成精之事却才是我打得鐘响三藏擡頭見他的模樣醜黑道你莫是魍魎妖邪我不是尋常之人我是大唐來的我手下有降龍伏虎的徒弟你若撞着他性命難存也道人跪下道老爺休怕我不是妖邪我是這寺裡侍奉香火的道人却不聽見老爺善言相讚就欲出來迎接恐怕是個邪鬼敲

門故此拾一塊斷磚把鐘打一下壓驚方敢出來老爺請起那唐僧方然正性道住持險些兒諕殺我也你帶我進去那道人引定唐僧直至三層門內看處比外邊甚是不同但見那

青磚砌就彩雲牆綠瓦蓋成琉璃殿黃金粧聖像白玉造堦臺大雄殿上舞青光毗羅閣下生銳氣文殊殿結采飛雲輪藏堂描花堆翠三簷頂上寶瓶尖五福樓中平繡蓋千株翠竹搖禪榻萬種青松映佛門碧雲宮裏放金光紫霧叢中飄瑞靄朝聞四野香風遠暮聽山高畫鼓鳴應有朝陽補破衲豈無對月了殘經又只見半

壁燈光明後院。一行香霧照中庭

三藏見了。不敢進去。叫道人。你這前邊十分狼狽。後邊這等齊整。何也。道人笑道。老爺。這山中多有妖邪強寇。天色清明。沿山打劫。天陰就來寺裡藏身。被他把佛像推倒墊坐。木植搬來燒火。本寺僧人軟弱。不敢與他講論。因此把這前邊破房。都捨與那些強人安歇。從新另化了些施主。所以蓋得那一所寺院。怕混各一。這是西方的事情。三藏道。原來是如此。正行間。又見山門上有五個大字。乃鎮海禪林寺。才舉步跨入門裏。忽見一箇和尚走來。你看他怎生模樣

頭戴左笄絨錦帽，一對銅圈墜耳根，身着頗羅毛線服，
一雙白眼亮如銀，手中搖着播郎鼓，口念番經聽不真。
三藏原來不認得，這是西方路上喇嘛僧。
那喇嘛和尚走出門來，看見三藏眉清目秀，額闊頂平，耳垂肩手過膝，好似羅漢臨凡，十分俊雅，他走上前扯住，滿面笑唏唏的與他捻手捻脚，摸他鼻子，揪他耳朵，以示親近之意，携至方丈中，行禮畢，却問老師父何來。三藏道：弟子乃東土大唐駕下欽差往西方天竺國大雷音寺拜佛取經者，適行至寶方，天晚，特奔上剎借宿一宵，明日早行，望垂方便一二。那和尚笑道：不當人子，不當人子，我們不

是好意要出家的，皆因父母生身命犯華蓋，家裏養不住，才捨斷了出家。既做了佛門弟子，切莫說脫空之話。三藏道，我是老實話。和尚道，那東土到西天，有多少路程，路上有山，山中有洞，洞內有精。想你這個單身，又生得嬌嫩，那里像個取經的。三藏道，院主也見得是，貧僧一人豈能到此，我有三個徒弟，逢山開路，遇水疊橋，保我弟子，所以到得上刹。那和尚道，三位高徒何在。三藏道，現在山門外伺候。那和尚慌了，道，師父，你不知，我這里有虎狼妖賊鬼怪傷人，白日裏不敢遠出，未經大晚就閉了門戶，這早晚把人放在外邊。叫徒弟，快去請將進來。有兩個小喇嘛兒跑

出外去看見行者跌了一跌見了八戒又是一跌扒起來
往後飛跑道爺爺造化低了你的徒弟不見只有三四箇
妖怪站在那門首也三藏問道怎麼模樣小和尚道一箇
雷公嘴一箇碓挺嘴一箇青臉獠牙傍有一箇女子倒是
箇油頭粉面三藏笑道你不認得那三箇醜的是我徒弟
那一箇女子是我打松林裏救命來的那喇嘛道爺爺呀
這們好俊師父怎麼尋這般醜徒弟三藏道他醜自醜却
俱有用你快請他進來若再遲了些兒那雷公嘴的有些
撞禍不是箇人生父母養的他就打進來也那小和尚郎
忙跑出戰兢兢的跪下道列位老爺唐老爺請哩八戒笑

道哥阿他請便罷了卻這般戰兢兢的何也行者道看見我們醜陋害怕八戒道可是扯淡我們乃生成的那箇是好要醜哩行者道把那醜且略收拾收拾獃子真箇把嘴揣在懷裏低着頭牽着馬沙僧挑着擔行者在後面拿着棒轄着那女子一行進去穿過了那倒塌房廊入三層門裏拴着馬歇着擔進方丈中與喇嘛僧相見分了坐次那和尚入裏邊引出七八十箇小喇嘛來見禮畢收拾辦齋管待正是

積功須在慈悲念　佛法興時僧讚僧

畢竟不知怎生離寺且聽下回分解

總說

篇內云只把工夫捱他終須有箇到之之日是極到

家語着眼着眼

第八十一回

鎮海寺、心猿知怪　黑松林三衆尋師

話表三藏師徒到鎮海禪林寺、衆僧相見安排　齋供、四衆食畢、那女子也得些食力、漸漸天昏、方丈裡、點起燈來、衆僧一則是問唐僧取經來歷、二則是貪看那女子、都攢攢簇簇排列燈下、三藏對那初見的喇嘛僧道院主、明日離了寶山西去的路途、如何那僧雙膝跪下、慌得長老一把扯住道、院主請起我問你箇路程、你爲何行禮、那僧道老師父明日西行路途平正、不須費心、只是眼下有件事兒不尷尬、一進門就要說、恐怕冒犯洪威、却纔齋罷方敢大膽奉告老師東來路遥辛苦都在小和尚房中安歇甚好只是這位女菩薩不方便不知請他那里睡好三藏道院主你不要生疑說我師徒們有甚邪意早間打黑松林過撞見這個女子綁在樹上小徒孫悟空不肯救他是我發菩提心將他救了到此隨院主送他那里睡去那僧謝道既老師寛厚請他到天王殿裡就在天王爺爺身後安排箇草鋪教他睡罷三藏道甚好甚好遂此時衆小和尚引那女子往殿後睡去長老就在方丈中請衆院主自在遂各散去三藏分付悟空辛苦了早睡早起遂一處都睡了多不離側護着師父漸入夜深正是那

玉兔高升萬籟寧，天街寂靜斷人行，銀河耿耿星光燦，
鼓發譙樓趲換更，

一宵晚話不題，及天明了，行者起來，教八戒沙僧收拾行囊馬匹，却請師父走路，此時長老還貪睡未醒，行者近前叫聲師父，那師父把頭擡了一擡，又不曾答應得出，行者問師父怎麼說，長老呻吟道，我怎麼這般頭懸眼脹，渾身皮骨皆疼，八戒聽說，伸手去摸摸，身上有些發熱，獃子笑道，我曉得了，這是昨晚見沒錢的飯，多吃了幾碗，倒沁着頭睡，傷食了，行者喝道，胡說，等我問師父端的何如，三藏道，我半夜之間，起來解手，不曾戴得帽子，想是風吹了，行

者道這還說得是如今可走得路麼三藏道我如今起坐不得怎麼上馬但只悞了路啊行者道師父說那里話常言道一日為師終身為父我等與你做徒弟就是兒子一般又說道養兒不用阿金溺銀只是見景生情便好你既身子不快說甚麼悞了行程便寧耐幾日何妨兄弟們都伏侍着師父不覺的早盡午來昏又至良宵纔過又侵晨光陰迅速早過了三日那一日師父欠身起來叫道悟空這兩日病體沉痾不曾問得你那箇脫命的女菩薩可曾有人送些飯與他吃行者笑道你管他怎的且顧了自家的病着三藏道正是正是你且扶我起來取出我的紙筆

墨寺裡借箇硯臺來使使行者道要怎的長老道我要修一封書并關文封在一處你替我送上長安駕下見太宗皇帝一面行者道這箇容易我老孫別事無能若說送書人間第一你把書收拾停當與我我一觔斗送到長安遞與唐王再一觔斗轉將回來你的筆硯還不乾哩但只是你寄書怎的且把書意念念我聽念了再寫不遲長老滴淚道我寫着

臣僧稽首三頓首萬歲三呼拜聖君文武兩班同入目
公卿四百共知聞當年奉旨離東土指望靈山見世尊
不料途中遭厄難何期半路有災迍僧病沉痾難進步

佛門深遠接天門，有經無命空勞碌，啟奏當今別遣人

行者聽得此言，恐不住呵呵大笑，道，師父，你忒不濟，畧有些些病兒，就起這箇意念，你若是病重，要死要活，只消問我，我老孫自有箇本事，問道那個閻王敢起心，那個判官敢出票，那個鬼使來勾取，若惱了我，我拿出那大鬧天宮之性子，又一路棍打入幽冥，捉住十代閻王，一個個抽了他的筋，還不饒他哩，三藏道，徒弟呀，我病重了，切莫說這大話，八戒上前道，師兄，師父說不好，你只管說好，十分不尷尬，我們趁早商量，先賣了馬，典了行囊，買棺木送終散火，行者道，獃子，又胡說了，你不知道，師父是我佛如來弟

二個徒弟，原叫做金蟬長老，只因他輕慢佛法，該有這場大難。八戒道：哥啊，師父既是輕謾佛法，貶回東土，在是非海內，口舌場中，托化人身，發願往西天去拜佛求經，遇妖精就綑，逢魔頭就吊，受諸苦惱也勾了，怎麽又叫他害病。行者道：你那里曉得，老師父不曾聽佛講法，打了一箇聽，往下一試，左脚下躧了一粒米，下界來該有這三日病。八戒驚道：相老猪吃東西潑潑撒撒的，也不知害多少年代病哩。行者道：兄弟，佛不與你衆生爲念，你又不知，人云鋤禾日當午，汗滴禾下土，誰知盤中飡，粒粒皆辛苦。師父只今日一日，明日就好了。三藏道：我今日比昨不同，咽喉裡

十分作渴你去那里有凉水尋些來我吃行者道好了師
父要水吃便是好了等我取水去即時取了鉢盂往寺後
面香積厨取水忽見那些和尚一個個眼兒通紅悲啼哽
咽只是不敢放声大哭行者道你們這些和尚忒小家子
樣我們住幾日臨行謝你柴火錢照日筭還怎麼這等膿
包衆僧慌跪下道不敢不敢行者道怎麼不敢想是我那
長嘴和尚食腸大吃傷了你的本兒也衆僧道老爺我這
荒山大大小小也有百十衆和尚每一人養老爺一日也
養得起百十日怎麼敢欺心計較甚麼食用行者道既不
計較你却為甚麼啼哭衆僧道老爺不知是那山裡來的

妖邪在這寺裡我們晚夜間着兩個小和尚去撞鐘打鼓只聽得鐘鼓响罷再不見人回至次日我尋只見僧帽僧鞋丟在後邊園裡骸骨尚存將人吃了你們住了三日我寺裡不見了六個和尚故此我兄弟們不由的不怕不由的不傷因見你老師父貴恙不敢傳說恐不住淚珠偷垂也行者聞言又驚又喜道不消說了必定是妖魔在此傷人也等我與你勦除他衆僧道老爺妖精不精者不靈一定會騰雲駕霧一定會出幽入冥古人道得好莫信直中直須防仁不仁老爺你莫怪我們說你若拿得他住哩便與我荒山除了這條禍根正是三生有幸了若還拿他不

任呵却有好些兒不便處行者道怎叫做好些不便處那
衆僧道直不相瞞老爺說我這荒山雖有百十衆和尚却
都只是自小兒出家的髮長尋刀削衣單破衲縫早晨起
來洗着臉叉手躬身皈依大道夜來收拾燒着香虔心叩
齒念的彌陀舉頭看見佛蓮九品秋三乘慈航共法雲願
也活得快活
見祇園釋世尊低頭看見心受五戒度三千生生萬法中
願悟頑空與色空諸檀越來呵老的小的長的矮的胖的
瘦的一個個敲木魚擊金磬挨挨拶拶兩卷法華經一第
梁王懺諸壇越不來呵新的舊的生的熟的村的俏的一
個個合着掌瞑着目悄悄冥冥入定蒲團上牢關月下門

一任他鶯啼鳥語閑爭鬪不上我方便慈悲大法乘因此上也不會伏虎也不會降龍也不識的怪也不識的精你老爺若還惹起那妖魔呵我百十個和尚只彀他一頓飽一則墮落我衆生輪迴二則滅抹了這禪林古跡三則如來會上全沒半點兒光輝這却是好些兒不便處行者聞得衆和尚說出這一端的話說他便怒從心上起惡向膽邊生高叫一聲你這衆和尚好獃哩只曉得那妖精就不曉得我老孫的行止麽衆僧輕輕的答道實不曉得行者道我今日畧節說說你們聽着我也曾花果山伏虎降龍我也曾上天堂大鬧六宮饑時把老君的丹畧畧咬了兩

三顆，渴時把玉帝的酒，輕輕啤了六七鍾，睜着一雙不白不黑的金睛眼，天慘淡月朦朧，拿着一條不短不長的金箍棒，來無影，去無踪，說甚麼大精小怪，那怕他懵懂朧膿，一赶赶上去，跑的跑，顛的顛，躲的躲，慌的慌，一捉捉將來，銼的銼，燒的燒，磨的磨，舂的舂，正是八仙同過海，獨自顯神通，眾和尚，我拿這妖精與你看看，你纔認得我老孫，眾僧聽着，暗點頭道，這賊禿開大口，說大話，想是有些來歷，都一個個諾諾連聲，只有那喇嘛僧道，且住，你老師父貴恙，你拿這妖精不至緊，俗語道，公子登筵，不醉便飽，壯士臨陣，不死即傷，你兩下角鬭之下，倘貽累你的師父不當穩便、行者道有理有哩、我且送凉水與師父吃了再來、攝起鉢盂着上凉水、轉出香積厨、就到方丈、叫聲師父、吃凉水哩、三藏正當煩渴之時、便擡起頭來、捧着水只是一吸、眞個渴時一滴如甘露、藥到眞方病即除、行者見長老精神漸爽、眉目舒開、就問道師父、可吃些湯飯麽、三藏道這凉水就是靈丹一般、這病兒減了一半、有湯飯也吃得些、行者連聲高高叫道、我師父好了、要湯飯吃哩、教那些和尚忙忙的安排、淘米煮飯、撈麪烙餅、蒸饝饝、做粉湯、擡了四五桌、唐僧只吃得半碗兒米湯、行者沙僧止用了一席、其餘的都是八戒一併食之、家火收去、點起燈來、衆僧各散三藏道我們今住幾日了行者道三整日矣明朝向晚便就是四箇日頭三藏道三日悮了許多路程行者道師父也筭不得路程明日去罷三藏道正是就帶幾分病兒也沒柰何行者道既是明日要去且讓我今晚捉了妖精者三藏驚道又捉甚麼妖精行者道有個妖精在這寺裡等老孫替他捉捉唐僧道徒弟呀我的病身未可你怎麼又興此念倘那怪有神通你拿他不住呵却又不是害我行者道你好滅人威風老孫到處降妖你見我弱與誰的只是不動手動手就要贏三藏扯住道徒弟常言說得好遇方便時行方便得饒人處且饒人操心怎似人心好爭

氣何如恐（青眼）氣高孫大聖見師父苦苦勸他不許降妖他說
出老實話來道師父實不瞞你說那妖在此吃了人了唐
僧大驚道吃了甚麼人行者說道我們住了三日已是吃
了這寺裡六個小和尚了長老道兔死狐悲物傷其類他
既吃了寺內之僧我亦僧也我放你去只但用心仔細些
行者道不消說老孫的手到就消除了你着他燈光前分
付八戒沙僧看守師父他喜孜孜跳出方丈徑來佛殿看
時天上有星月還未上那殿裡黑暗暗的他就吹出眞火
點起琉璃東邊打鼓西邊撞鐘响罷搖身一變變做個小
和尚兒年紀只有十二三歲披着黃絹褊衫白布直裰手

敲着木魚口裡念經等到一更時分不見動靜二更時分殘月纔升只聽見呼呼的一陣風响好風

此等處雖可惡然從人口中說出却又好聽

黑霧遮天暗愁雲照地昏四方如潑墨一派靛粧渾先刮時揚塵播土次後來倒樹摧林揚塵播土星光現倒樹摧林月色昏只刮得嫦娥緊抱梭羅樹玉兎團團找藥盆九曜星官皆閉戶四海龍王盡掩門廟裡城隍覓小鬼空中仙子怎騰雲地府閻羅尋馬面判官亂跑赶頭巾刮動崑崙頂上石捲得江湖波浪混

那風纔然過處猛聞得蘭麝香薰環珮聲响即欠身擡頭觀看呀却是一個美貌佳人徑上佛殿行者口裡嗚哩嗚

剩只情念經那女子近前一把摟住道小長老念的是甚麽經行者道許下的女子道別人都自在睡覺你還念經怎麽行者道許下的如何不念女子摟住與他親個嘴道我與你到後面耍耍去行者故意的扭過頭去道你有些不曉事女子道你會相面行者道也曉得些兒女子道你相我怎的樣子行者道我相你有些兒偷生拖熟被公婆赶出來的女子道相不着相不着我

不是公婆赶逐不因拖熟偷生柰我前生命薄投配男子年輕不會洞房花燭避夫逃走之情

趁如今星光月皎也是有緣千里來相會我和你到後園

中交歡配鸞儔去也行者聞言暗點頭道那幾個愚僧都被色慾引誘所以傷了性命他如今也來哄我我就隨口答應道娘子我出家人年紀尚幼却不知甚麽交歡之事女子道你跟我去我教你行者暗笑道也罷我跟他去看他怎生擺佈他兩個摟着肩携着手出了佛殿徑至後邊園裡那怪把行者使個絆子腿跌倒在地口裡心肝哥哥的亂叫將手就去掐他的臊根行者道我的兒眞個要吃老孫哩却被行者接住他手使個小坐跌法把那怪一轆轤掀翻在地上那怪口裡還叫道心肝哥哥你到會跌你的娘哩行者暗笑道不趁此時下手他還到幾時正是先下

手爲强後下手爲殃就把手一叉腰一躬一跳跳起來現出原身法象輪起金箍鐵棒劈頭就打那怪倒也吃了一驚他心想道這個小和尚這等利害打開眼一看原來是那唐長老的徒弟姓孫的他也不懼他你說這精怪是甚麼精怪

金作鼻雪鋪毛地道爲門屋安身處處牢養成三百年前氣曾向靈山走幾遭一飽香花和蠟燭如來分付下天曹托塔天王恩愛女哪吒太子認同胞也不是個塡海鳥也不是個戴山鰲也不怕的雷煥劍也不怕的呂虔刀往往來來一任他水流江漢濶上上下下那論他

山聳忝恒高你看他月貌花容嬌滴滴、誰識得是個老鼠成精逞黠豪。

他自恃的神通廣大、便隨手架起雙股劍、玎玎璫璫的響左遮右格、隨東倒西、行者雖强些、却也撈他不倒、陰風四起殘月無光、你看他兩人後園中一場好殺。

陰風從地起、殘月蕩微光、闃靜梵王宇、闌珊小鬼廊、後園裡一片戰爭場孫大士天上聖、毛姹女、女中王、賭賽神通未肯降、一個兒扭轉芳心嗔黑禿、一個兒圓睜慧眼恨新妝、兩手劍飛、認得那女菩薩、一根棍打、狠似個活金剛响處金箍如電掣、霎時鐵白耀星芒、玉樓抓翡

翠金殿碎鸞鵉猿啼巴月小鴈叫楚天長十八尊羅漢
暗暗喝采三十二諸天個個慌張
那孫大聖精神抖擻棍兒沒半點差池妖精自料敵他不
住猛可的嘴頭一蹙計上心來抽身便走行者喝道潑貨
那走快快來降那妖精只是不理直往後退等行者趕到
緊急之時即將左脚上花鞋脫下來（倒是花鞋強如本身）吹口仙氣念個呪語
叫一聲變就變做本身模樣使兩口劍舞將來真身一幌
化陣清風而去這却不是三藏的災星他便竟撞到方丈
裡把唐三藏攝將去雲頭上杳杳冥冥霎霎眼就到了陷
空山進了無底洞叫小的們安排素筵席成親不題却說

行者聞得心焦性躁閃一個空一棍把那妖精打落下來
乃是一隻花鞋行者曉得中了他計連忙轉身來看師父
那有個師父只見那獃子和沙僧口裡嗚哩嗚哪說甚麼
行者怒氣塡胷也不管好歹撈起棍來一片打連聲叫道
打死你們打死你們那獃子慌得走也沒路沙僧却是個
靈山大將見得事多就軟款溫柔近前跪下道兄長我知
道了想你要打殺我兩個也不去救師父徑自回家去哩（亦好）
行者道我打殺你兩個我自去救他沙僧笑道兄長說那
里話無我兩個眞是單絲不線孤掌難鳴兄阿這行囊馬
匹誰與看顧寧學管鮑分金休訪孫龐鬥智自古道打虎

還得親兄弟上陣須教父子兵望兄長且饒打待天明和
你同心戮力尋師去也行者雖是神通廣大却也明理識
時見沙僧苦苦哀告便就回心道八戒沙僧你都起來明
日找尋師父却要用力那獃子聽見饒了恨不得天也許
下半邊道哥阿這個都在老猪身上兄弟們思思想想那
曾得睡恨不得點頭喚出扶桑日一口吹散滿天星三衆
只坐到天曉收拾要行早有寺僧攔門來問老爺那里去
行者笑道不好說昨日對衆誇口說與你們拿妖精妖精
未曾拿得倒把我個師父不見了我們尋師父去哩衆僧
害怕道老爺小可的事倒帶累老師却往那里去尋行者

道有處尋他衆僧又道既去莫忙且吃些早齋連忙的端了兩三盆湯飯八戒盡力吃個乾淨道好和尚我們尋着師父再到你這里來耍子行者道還到這哩吃他飯哩你去天王殿裡看看那女子在否衆僧道老爺不在了不在了自是當晚宿了一夜第二日就不見了行者喜喜懽懽蘇了衆僧着八戒沙僧牽馬挑担徑回東走八戒道哥哥差了怎麼又往東行行者道你豈知道前日在那黑松林綁的那個女子老孫火眼金睛把他認透了你們都認做好人今日吃和尚的也是他攝師父的也是他你們救得好女菩薩今既攝了師父還從舊路上找尋去也二人嘆

服道好好好真是粗中有細去來去來三人急急到于林內只見那

雲藹藹霧漫漫石層層路盤盤狐踪兎跡交加走虎豹豺狼往復鑽林內更無妖怪影不知三藏在何端

行者心焦掣出棒來搖身一變變作大鬧天宮的本相三頭六臂六隻手理着三根棒在林裡辟哩撥喇的亂打八戒見了道沙僧師兄着了惱尋不着師父弄做個氣心風了原來行者打了一路打出兩個老頭兒來一個是山神一個是土地上前跪下道大聖山神土地來見八戒道好靈根阿打了一路打出兩個山神土地若再打一路連太

歲都打出來也行者問道山神土地汝等這般無禮在此處專一結夥強盜強盜得了手買些猪羊祭賽你又與妖精結攜打夥兒把我師父攝來如今藏在何處快快的從實供來免打山神慌了道大聖錯怪了我耶妖精不在小神山上不伏小神管轄但只夜間風响處小神畧知一二行者道既知一二說來土地道那妖精攝你師父去在那正南下離此有千里之遥那廂有一山喚做陷空山山中有箇洞叫做無底洞是那山裡妖精到此變化攝去也行者聽言暗自驚心喝退了山神土地收了法身見出本相與八戒沙僧道師父去得遠了八戒道遠便騰雲趕去好

○着○眼○

馱子。一縱狂風先起，隨後是沙僧駕雲，那白馬原是龍子出身，馱了行李，也踏了風霧。大聖即起觔斗，一直南來。不多時，早見一座大山阻住雲脚，三人揉住馬，都按定雲頭，見那山

頂摩碧漢，峯接青霄。周圍雜樹萬萬千，來往飛禽噴喳噪。虎豹成陣走，獐鹿打叢行。向陽處，琪花瑶草馨香；背陰方，臘雪頑冰不化。崎嶇峻嶺，削壁懸崖。直立高峯，灣環深澗。松鬱鬱，石磷磷，行人見了悚其心。打柴樵子全無影，採藥仙童不見踪。眼前虎豹能興霧，遍地狐狸亂弄風。

八戒道哥阿、這山如此險峻必有妖邪、行者道不消說了、山高原有怪嶺峻豈無精叫沙僧我和你且在此着八戒先下山凹裏、打聽打聽、看那條路好走端的可有洞府、再看是那里開門、俱細細打探我們、好一齊去尋師父救他八戒道、老猪晦氣先拿我頂缸、行者道你夜來說都在你身上、如何打仰、八戒道不要嚷等我去、獃子放下鈀、抖抖衣服、空着手、跳下高山找尋路逕、這一去、畢竟不知好歹如何、且聽下回分解、

總批

人試思之陷空山無底洞、是甚麽東西、若想得着定是

第八十二回　姹女求陽　元神護道

却說八戒跳下山、尋着一條小路、依路前行有五六里遠近忽見兩個女怪在那井上打水、他怎麼認得是兩個女怪見他頭上戴一頂一尺二三寸高的篾絲鬏髻甚不時興、獃子走近前叫聲妖怪、那怪聞言大怒、兩人互相說道、這和尚憊懶、我們又不與他相識、平時又沒有調得嘴慣、他怎麼叫我們做妖怪、那怪惱了、輪起擡水的杠子劈頭就打、這獃子手無兵器、遮架不得、被他撈了幾下侮着頭跑上山來道、哥呵、回去罷、妖怪兇、行者道、怎麼兇、八戒道山四內兩個女妖精在井上打水、我只叫了他一聲、就被他打了我三四扛子、行者道、你叫他做甚麽的、八戒道、我叫他做妖怪、行者笑道、打得還少、八戒道、謝你照顧、頭都打腫了、還說少哩、行者道、溫柔天下去得、剛強寸步難移、他們是此地之妖、我們是遠來之僧、你一身都是手、也要畧溫存、你就去叫他做妖怪、他不打你打我、人將禮樂爲先、八戒道、一發不曉得、行者道、你自幼在山中喫人、你曉得有兩樣木麽、八戒道、不知是甚麽木、行者道、一樣是楊木、一樣是檀木、楊木性格甚軟、巧匠取來、或雕聖像、或刻如來、粧金立粉、嵌玉裝花、萬人燒香禮拜、受了多少無量

之福那檀木性格剛硬油房裏取了去做作撒使鐵箍匕
了頭又使鐵鎚往下打只因剛强所以受此苦楚八戒道、
哥阿你這好話兒早與我說說也好却不受他打了行者
道你還去問他個端的八戒道這去他認得我了行者道
你變化了去八戒道哥阿且如我變了却怎麼問他行者
道你變了去到他跟前行個禮兒看他多大年紀若與我
們差不多叫他聲姑娘若比我們老些兒叫他聲奶奶八
戒笑道可是蹭蹬這般許遠的田地認得是甚麼親行者
道不是認親要套他的話哩若是他拿了師父就好下手
若不是他却不悮了我別處幹事八戒道說得有理等我

再去、好獃子、把釘鈀撒在腰裏下山凹摇身一變變做個
黑胖和尚摇摇擺擺走近妖前、深深唱箇大喏道奶奶貧
僧稽首了、那兩個喜道這個和尚却好會唱個喏兒、又會
稱道一聲兒、問道長老那里來的、八戒道那里來的、又問
那里去的、又道那里去的、又問你呌做甚麽名字、又答道
我呌做甚麽名字、那妖笑道這和尚好便好只是沒來歷
會說順口話兒、八戒道奶奶你們打水怎的、那妖道和尚。
你不知道我家老夫人今夜裏攝了一個唐僧在洞內要
管待他、我洞中水不乾淨、差我兩個來此打這陰陽交媾
的好水安排素果素菜的筵席、與唐僧喫了晚間要成親

哩那獃子聞此言急抽身跑上山叫沙和尚快拿將行李來我們分了罷沙僧道二哥又分怎麼八戒道分了便你還去流沙河喫人我去高老莊探親哥哥去花果山稱聖白龍馬歸大海成龍師父已在這妖精洞內成親哩我們都各安生理去也行者道這獃子又胡說了八戒道你的兒子胡說纔那兩個擡水的妖精說安排素筵席與唐僧喫了成親哩行者道那妖精把師父困在洞內師父眼巴巴的望我們去救你却在此說這樣話八戒道怎麼救行者道你兩個牽着馬挑着擔我們跟着那兩個女妖做個引子引到那門前一齊下手真個獃子只得隨行行者遠

遠的標着那兩妖漸入深山有一二十里遠近忽然不見八戒驚道師父是日裏鬼拿去了行者道你好眼力怎麼就看出他本相來八戒道那兩個妖正擡着水走忽然不見却不是日裏鬼行者道想是鑽進洞去了等我去看看好大聖急睜火眼金睛漫山看處果然不見動靜只見那陡崖前有一座玲瓏剔透山山花堆五彩三簷四簇的牌樓他與八戒沙僧近前觀看上有六個大字乃陷空山無底洞行者道兄弟呀這妖精把個架子支在這裏還不知門向那裏開哩沙僧說不遠不遠好生尋都轉身看時牌樓下山脚下有一塊大石約有十餘里方圓正中間有缸

尸大的一箇洞兒爬得光溜溜的八戒道哥阿這就是妖精出入洞也行者看了道怪哉我老孫自保唐僧瞞不得你兩個妖精也拿了些却不見這樣洞府八戒你先下去試試看有多少淺深我好進去救師父八戒搖頭道這個難這個難我老猪身子夯夯的若塌了脚吊下去不知二三年可得到底哩行者道就有多深麼八戒道你看大聖伏在洞邊上仔細往下看處噫深阿周圍足有三百餘里回頭道兄弟果然深得緊八戒道你便回去罷師父救不得耶行者道你說那里話莫生懶惰意休起怠慌心且將行李歇下把馬拴在牌樓柱上你使釘鈀沙僧使杖攔住

洞門讓我進去打聽打聽若師父果在裏面我將鐵棒把妖精從內打出跑至門口你兩個却在外面攩住這是裏應外合打死精靈纔救得師父二人遵命行者却將身一縱跳入洞中足下彩雲生萬道身邊瑞氣護千層不多時到於深遠之間那裏邊明明朗朗一般的有日色有風聲又有花草果木行者喜道好去處阿想老孫出世天賜與水簾洞這里也有個洞天福地正看時又有一座二滴水的門樓團團都是松竹內有許多房舍又想道此必是妖精的住處了我且到裏邊去打聽打聽且住若是這般去時他認得我了且變化搖身捻訣就變做一個螥蠅輕輕

的飛在門樓上聽聽只見那怪高坐在草亭內他那模樣比在松林內救他寺裏拿他更是不同越發打扮得俊了

髮盤雲髻似堆鴉身着綠絨花比甲一對金蓮剛半折十指如同春笋發團圓粉面若銀盆朱唇一似櫻桃滑端端正正美人姿月裏嫦娥還喜恰今朝拿住取經僧便要歡娛同枕榻

行者且不言語聽他說甚話少時綻破櫻桃喜孜孜的叫道小的們快排素筵席來我與唐僧哥哥喫了成親（好個唐僧哥哥）行者暗想道真個有這話我只道八戒作耍子亂說哩等我且飛進去看看尋看師父在那里不知他心性如何的假若被

他摩天動了時留他在這里也罷即展翅飛到裏邊看處那東廊下上明下暗的紅紙格子裏面坐着唐僧哩行者一頭撞破格子眼飛在唐僧光頭上丁着叫聲師父三藏認得聲音叫道徒弟救我命阿行者道師父不濟呀那妖精安排筵宴與你喫了成親哩或生下一男半女也是你和尚之後代你愁怎的長老聞言咬牙切齒道徒弟我自出了長安到兩界山中收你一向西來那個時辰動葷那一日子有甚歪意今被這妖精拿住要求配偶我若把真陽喪了我就身墮輪回打在那陰山背後永世不得翻身行者笑道莫發誓既有真心往西天取經老孫帶你去罷

三藏道進來的路兒我道忘了行者道莫說你忘了他這洞不比走進來走出去的是打上頭往下鑽如今救了你要打底下往上鑽若是造化高鑽着洞口兒就出去了若是造化底鑽不着還有個悶殺的日子了三藏滿眼垂淚道似此艱難怎生是好行者道沒事沒事那妖精整治酒與你喫沒柰何也喫他一鍾只要斟得急些兒斟起一個喜花兒來等我變作個蟭蟟虫兒飛在酒泡之下他把我一口吞下肚去我就捻破他的心肝扯斷他的肺腑弄死那妖精你纔得脫身出去三藏道徒弟這等說只是不當人子行者道只管行起善來你命休矣妖精乃害人之物

你惜他怎的三藏道也罷也罷你只是要跟着我正是那孫大聖護定唐三藏取經僧全靠美猴王他師徒兩個商量未定早是那妖精安排停當走近東廊外開了門鎖叫聲長老唐僧不敢答應又叫一聲又不敢答應他不敢答應者何意想着口開神氣散舌動是非生卻又一條心兒想着若死住法兒不開口怕他心狠頃刻間就害了性命正是那進退兩難心問口三思忍耐口問心正自狐疑那怪又叫一聲長老唐僧沒奈何應他一聲道娘子有那長老應出這一句言來真個是肉落千觔人都說唐僧是個真心的和尚往西天拜佛求經怎麼與這女妖精答話不知

此時正是危急存亡之濟萬分出於無奈雖是外有所答其實內無所慾妖精見長老應了一聲他推開門把唐僧攙起來和他攜手挨肩交頭接耳你看他做出那千般嬌態萬種風情豈知三藏一腔子煩惱行者暗中笑道我師父被他這般哄誘只怕一時動心正是

真僧魔苦遇嬌娃妖嬈娉婷實可誇淡淡翠眉分柳葉
盈盈丹臉襯桃花繡鞋微露雙鉤鳳雲髻高盤兩鬢鴉
含笑與師攜手處香飄蘭麝滿袈裟

妖精挽着三藏行近草亭道長老我辦了一盃酒和你酌酌唐僧道娘子貧僧自不用葷妖精道我知你不喫葷因

洞中水不乾淨、特命山頭上取陰陽交媾的淨水、做些素菓素菜筵席、和你耍子、唐僧跟他進去觀看、果然見那盈門下、繡纏彩結、滿庭中、香噴金猊、擺列着黑油壘鈿桌、綵漆篾絲盤、壘鈿桌上、有異樣珍羞、篾絲盤中、盛稀奇素物、林檎橄欖蓮肉葡萄、榧柰榛松、荔枝龍眼、山栗風菱棗兒柿子、胡桃銀杏金橘香橙菓子隨山有蔬菜更時新、豆腐麵觔木耳鮮筍、蘑菇香蕈、山藥黃精石花菜黃花菜青油煎炒、扁豆角、江豆角熟醬調成王瓜瓠子、白菜蔓菁、鏇皮茄子鵪鶉做、剔種冬瓜方旦名、爛熳芋頭糖拌着、白煮蘿蔔醋澆烹、椒姜辛辣般般美醎淡

調和色色平

那妖精露尖尖之玉指捧晃晃之金盃滿斟美酒遞與唐僧口裏叫道長老哥哥妙人請一盃交歡酒兒三藏羞答答的接了酒望空澆奠心中暗祝道護法諸天五方揭諦四值功曹弟子陳玄奘自離東土蒙觀世音菩薩差遣列位衆神暗中保護拜雷音見佛求經今在途中被妖精拿住強逼成親將這一盃酒遞與我喫此酒果是素酒弟子勉強喫了還得見佛成功若是葷酒破了弟子之戒永墮輪迴之苦孫大聖他却變得輕巧在耳根後若像一個耳報但他說話惟三藏聽見別人不聞他知師父平日好喫

葡萄做的素酒教喫他一鍾那師父沒柰何喫了急將酒滿斟一鍾回與妖娃果然斟起有一箇喜花兒行者變作個蟭蟟虫兒輕輕的飛入喜花之下那妖精接在手且不喫把盃兒放住與唐僧拜了兩拜口裏嬌嬌怯怯敘了幾句情話却纔舉盃那花兒已散就露出虫來妖精也認不得是行者變的只以為虫兒用小指挑起往下一彈行者見事不諧料難入他腹即變做個餓老鷹真個是

玉爪金睛鐵翮雄姿猛氣搏雲妖狐狡兔見他昏千里
山河時遁饑處迎風逐雀飽來高貼天門老拳鋼硬最
傷人得志淩霄嫌近

飛起來、輪開王爪、响一声、掀翻桌席、把些素菓素菜、盤碟家火、盡皆捽碎、撇却唐僧、飛將出去、諕得妖精心膽皆裂、唐僧的骨肉通酥、妖精戰戰兢兢、摟住唐僧道、長老哥哥、此物是那里來的、三藏道、貧僧不知、妖精道、我費了許多心、安排這個素宴、與你耍耍、却不知這個扁毛畜生、從那里飛來、把我的家火打碎、眾小妖道、夫人打碎家火猶可、將些素品、都潑散在地、穢了、怎用、三藏分明曉得是行者弄法、他那里敢說、那妖精道、小的們、我知道了、想必是我把唐僧困住、天地不容、故降此物、你們將碎家火拾出去另安排些酒肴、不拘葷素、我指天為媒、指地作訂、然後再與唐僧成親依然把長老送在東廊裏坐下不題却說行者飛出去現了本相到於洞口叫聲開門八戒笑道沙僧哥哥來了他二人撒開兵器行者跳出八戒上前扯住道可有妖精可有師父行者道有有有八戒道師父在裏邊受罪哩綁着是細着要蒸是要煮行者道這個事倒沒有只是安排素宴要與他幹那個事哩八戒道你造化你造化你喫了陪親酒來了行者道獃子阿師父的性命也難保喫甚麼陪親酒八戒道你怎的就來了行者把見唐僧施変化的上項事說了一遍道兄弟們再休胡思亂想師父已在此間老孫這一去一定救他出來復翻身入裏面

還變做個蟭蟟兒丁在門樓上聽之只聞得這妖㚥氣哼
哼的在亭子上分付小的們不論葷素拿來燒紙我借煩
天地為媒訂務要與他成親行者聽見暗笑道這妖精全
沒一些兒廉恥青天白日把個和尚關在家裏擺佈的且（此等事世上盡有）
不要忙等老孫再去看看嚶的一聲飛在東廊之下只見
那師父坐在裏邊清滴滴腮邊淚淌行者鑽將進去丁在
他頭上只叫聲師父長老認得聲音跳起來咬牙恨道猢
猻別人膽大還是身包膽你的膽大就是膽包身你弄
變化神通打破家火能值幾何鬧得那妖精淫興發了那
里不分葷素安排定要與我交媾此事怎了行者暗中陪

笑道師父莫怪有救你處唐僧道那里救得我行者道我纔一翅飛起去時見他後邊有個花園你哄他往園裏去耍子我救了你罷唐僧道園裏怎麽樣救行者道你與他到園裏走到桃樹邊就莫走了等我飛上桃枝變作個紅桃子你要喫果子先揀紅的兒摘下來紅的是我他必然也要摘一個你把紅的定要讓他他若一口喫了我却在他肚裏等我搗破他的皮袋扯斷他的肝腸弄死他你就脫身了三藏道你若有手段就與他賭鬬便了只要鑽在他肚裏怎麽行者道師父你不知趣他這個洞若好出入便可與他賭鬬只爲出入不便曲道難行若就動手他這

一窩子老老小小連我都扯住却怎麼了須是這般撺手
幹大家纔得乾淨三藏點頭聽信只叫你跟定我行者道
曉得曉得我在你頭上師徒們商量定了三藏纔欠起身
來雙手扶着那格子叫道娘子娘子那妖精聽見笑嘻嘻
的跑近跟前道妙人哥哥有甚話說三藏道娘子我出了
長安一路西來無日不山無日不水昨在鎮海寺投宿偶
得傷風重疾今日出了汗略纔好些又蒙娘子盛情携來
仙府只得坐了這一日又覺心神不爽你帶我往那里略
散散心耍耍兒去麼那妖精十分懽喜道妙人哥哥倒有
些興趣我和你去花園內耍耍叫小的們拿鑰匙來開了

園門打掃路逕、衆妖都跑去開門、收拾、這妖精開了格子攙出唐僧、你看那許多小妖、都是油頭粉面、嬝娜娉婷簇簇擁擁、與唐僧徑上花園而去、好和尚、他在這綺羅隊裏無他故、錦繡叢中作瘂聾、若不是這鐵打的心腸朝佛去、第二個酒色凡夫也取不得經、一行都到了花園之外、那妖精俏語低声叫、道妙人哥哥這里耍耍、真可散心釋悶唐僧與他携手相攙同入園內、擡頭觀看、其實好個去處但見那

縈廻曲逕、紛紛盡點蒼苔、窈窕綺窻、處處暗籠繡箔、微風初動、輕飄飄展開蜀錦吳綾、細雨纔收、嬌滴滴露出

冰肌玉質日勺鮮杏紅如仙子曬霓裳月映芭蕉青似
太真搖羽扇粉墻四面萬株楊柳囀黄鸝閑館周圍滿
院海棠飛粉蝶更看那凝香閣青蛾閣解酲閣相思閣
層層捲映朱簾上鈎控鰕鬚又見那養酸亭披素亭畫
眉亭四雨亭箇箇崢嶸華扁上字書鳥篆看那浴鶴池
浣觴池怡月池濯纓池青萍綠藻耀金鱗又有玉墨軒
異箱軒適趣軒慕雲軒玉斗瓊巵浮綠蟻池亭上下有
太湖石紫英石鸚落石錦川石青青栽着虎鬚蒲軒閣
東西有木假山翠屏山嘯風山玉芝山處處叢生鳳尾
竹荼蘼架薔薇架近着鞦韆架渾如錦帳羅幃松栢亭

辛夷亭對着木香亭，却似碧城繡幙；芍藥欄，牡丹叢，朱
朱紫紫鬬穠華；夜合臺，荼蘼檻，歲歲年年生嫵媚。涓涓
滴露紫含笑，堪畫堪描；豔豔燒空紅拂拂，宜題宜賦。論
景致，休誇閬苑蓬萊；較芳菲，不數姚黃魏紫。若到三春
閑鬬草，園中只少玉瓊花。
長老携着那怪，步賞花園，看不盡的奇葩異卉。行過了許
多亭閣，真箇是漸入佳境。忽擡頭，到了桃樹林邊，行者把
師父頭上一掐，那長老就知，行者變在桃樹枝兒上，搖身
一變，變作個桃子兒，其實鮮得可愛。長老對妖精道：娘子，
你這苑內花香，枝頭果熟，苑內花香蜂競採，枝頭果熟鳥

爭鬭怎麼這桃樹上果子青紅不一何也妖精笑道天無陰陽日月不明地無陰陽草木不生人無陰陽不分男女（亮說大道理）這桃樹上果子向陽處有日色相烘者先熟故紅背陰處無日者還生故青此陰陽之道理也三藏道謝娘子指教其實貧僧不知卽向前伸手摘了箇紅桃妖精也去摘了一箇青桃三藏躬身將紅桃捧與妖娆道娘子你愛色請喫這箇紅桃拿青的來我喫妖精真箇換了且暗喜道好和尚阿果是箇眞人一日夫妻未做却就有這般恩愛也那妖精喜喜懽懽的把唐僧親敬這唐僧把青桃拿過來就喫那妖精喜相陪把紅桃兒張口便咬啟朱唇露銀牙

未曾下口原來孫行者十分性急轂轆一箇跟頭翻入他咽喉之下徑到肚腹之中妖精害怕對三藏道長老呵這箇果子利害怎麼不容咬破就滚下去了三藏道娘子新開園的果子愛喫所以去得快了妖精道未存吐出核子他就擄下去了三藏道娘子意美情佳喜喫之甚所以不及吐核就下去了行者在他肚內復了本相叫聲師父不要與他荅嘴老孫已得了手也三藏道徒弟方便着些妖精聽見道你和那個說話哩三藏道和我徒弟孫悟空說（這妖精未曾成親肚）話哩妖精道孫悟空在那里三藏道在你肚內哩却纔喫（裏已先有個小和尚了）的那個紅桃子不是妖精慌了道罷了罷了這猴頭鑽在

我肚内我是死也。孫行者你千方百計的鑽在我肚内怎的。行者在裏邊恨道也不怎的。只是喫了你的六葉連肝肺三毛七孔心五臟都淘淨了做個梆子精。妖精聽說諕得魂飛魄散。戰戰兢兢的。把唐僧抱住道長老呵。我只道

夙世前緣繫赤繩。魚水相和兩意濃。不料鴛鴦今拆散。何期鸞鳳又西東。藍橋水漲難成事。佛廟煙沉嘉會空。着意一場今又別。何年與你再相逢。

行者在他肚内。聽見說時。只怕長老慈心。又被他哄了。便就輪拳跳脚。支架子。理四平。幾乎把個皮袋兒搗破了。那妖精忍不得疼痛。倒在塵埃。半晌家不敢言語。行者見不

言語想是死了卻把手略鬆一鬆他又回過氣來叫小的們在那里原來那些小妖自進園門來各人知趣都不在一處各自去採花鬭草任意隨心耍子讓那妖精與唐僧兩個自在敘情兒忽聽得叫卻纔都跑將來又見妖精倒在地上面容改色口裏哼哼的爬不動連忙攙起圍在一處道夫人怎的不好想是急心疼了妖精道不是不是你莫要問我肚內已有了人也快把這和尚送出去留我性（這樣滿精的有了人便打發和尚去矣）命那些小妖真個都來扛擡行者在肚內叫道那個敢擡要便是你自家請我師父出去出到外邊我饒你命那妖也沒及柰何只是惜命之心急掙起來把唐僧背在身上

撥開步在外就走小妖跟隨道老夫人徃那里去妖精道留得五湖明月在何愁沒處下金鈎把這厮送出去等我別尋一個頭兒罷好妖精一縱雲光直到洞口又聞得叮叮噹噹兵刃亂响三藏道徒弟外面兵器响哩行者道是八戒揉鈀哩你叫他一聲三藏便叫八戒八戒聽見道沙和尚師父出來也二人掣開鈀杖妖精把唐僧駝出喚正是

心猿裏應降邪怪　土木同門接聖僧

畢竟不知那妖精性命如何且聽下回分解

總批

妖精多變婦人婦人多戀和尚何也作者亦自有意
只爲妖精就是婦人婦人就是妖精妖精婦人婦人
妖精定倫和尚故也

第八十三回

心猿試得丹頭　姹女還歸本性

却說三藏着妖精送出洞外沙和尚近前問曰師父出來
師兄何在八戒道他有算計必定貼換師父出來也三藏
用手指着妖精道你師兄在他肚裏哩八戒笑道腌臢殺
人在肚裏做甚出來罷行者在裏邊叫道張開口等我出
來那姪眞個把口張開行者變得小小的蹲在咽喉之內
正欲出來又恐他無哩來咬即將鐵棒取出吹口仙氣叫
變變作個棗核釘兒撑住他的上腭子把身一縱跳出口
外就把鐵棒順手帶出把腰一躬還是原身法象舉起棒

來就打。那妖精也隨手取出兩口寶劍，叮噹架住。兩個在山頭上這塲好殺：

雙舞劍飛當面架，金箍棒起照頭來。一個是天生猴屬心猿體，一個是地產精靈姹女骸。他兩個恨衝懷，喜處生讐大會垓。那個要取元陽成配偶，這個要戰純陰結聖胎。棒舉一天寒霧漫，劍迎滿地黑塵篩。因長老拜如來，恨苦相爭顯大才。水火不投母道損，陰陽難合各分開。兩家鬬罷多時節，地動山搖樹木摧。

八戒見他們賭鬬，口裏絮絮叨叨，返恨行者，轉身對沙僧道：「兄弟，師兄胡纏！方纔在他肚裏，輪起拳來，送他一個滿膀紅。爬開肚皮鑽出來。却不了帳。怎麼又從他口裏出來。却與他爭戰。讓他這等猖狂。沙僧道。正是却也虧了師兄。深洞中救出師父。返又與妖精廝戰。且請師父自家坐着。我和你各持兵器。助助大哥打倒妖精去來。八戒擺手道。不不不。他有神通。我們不濟。沙僧道。說那里話。都是大家有益之事。雖說不濟。却也放屁添風。那獃子。一時興發。掣了釘鈀。叫聲去來。他兩個不顧師父。一齊駕風趕上。舉釘鈀使寶杖。望妖精亂打。那妖精戰行者一個尚是不能。又見他二人。怎生抵敵。急回頭抽身就走。行者喝道兄弟們趕上。那妖精見他們趕上來。即將右脚上花鞋脫下來。吹口仙氣念個咒語叫變即變作本身模樣使兩口劍舞將來真身一幌化一陣青風徑直回去這番也只說戰他們不過顧命而回豈知又有這般樣事也是三藏災星未退他到洞門前牌樓下卻見唐僧在那里獨坐哩他就近前一把抱住搶了行李咬斷韁繩連人和馬復又攝將進去不題且說八戒閃個空一鈀把妖精打落地乃是一隻花鞋行者看見道你這兩個獃子看師父罷了誰要你來幫甚麼功八戒道沙和尚如何麼我說莫來這猴子好的有些夾腦風我們替他降了妖怪還落得他生報怨行者道在那里降了妖怪那妖怪昨日與我戰時使了一箇遺鞋

許叫了你們走了不知師父如何我們快去看看三人急回來果然没了師父連行李白馬一並無踪慌得個八戒兩頭亂跑沙僧前後跟尋孫大聖亦心焦性躁正尋覓處只見那路傍邊斜軃着半截兒韁繩他一把拿起止不住眼中流淚放聲叫道師父阿我去時辭別人和馬回來只見這些繩正是那見鞍思俊馬滴淚想親人八戒見他垂淚嚇得仰天大笑行者罵道你這個夯貨又是要散火哩八戒又笑道哥阿不是這話師父一定又被妖精攝進洞去了常言道事無三不成你進洞兩遭了再進去一遭管情救出師父來也行者揩了眼淚道也罷到此地位勢不

容巳我還進去你兩個沒了行李馬匹躭心却好生把守洞口好大聖即轉身跳入裏面不施變化就見本身法相。真箇是

古怪別腮心內強，自小爲妖神力壯。高低面賽馬數嶠，眼放金光如火亮。渾身毛硬似鋼針，虎皮裙繫明花响。上天撞散萬雲飛，下海混起千層浪。當天倚力打天王，擋退十萬八千將。官封大聖美猴精，手中慣使金箍棒。今日西方任顯能，復來洞內扶三藏。

你看他停住雲光徑到了妖精宅外見那門樓門關了不分好歹輪鐵棒一下打開闖將進去那裏邊靜悄悄全無

入跡東廊下。不見唐僧。亭子上桌椅與各處家火。一件也無。原來他的洞內。周圍有三百餘里。妖精巢穴甚多。前番攝唐僧在此。被行者尋着。今番攝了。又怕行者來尋。當時搬了。不知去向。惱得這行者跌脚搥胸。放聲高叫道。師父阿。你是個悔氣轉成的唐三藏。災殃鑄就的取經僧。噫。這條路。且是走熟了。如何不在。却教老孫那里尋找也。正是吆喝暴躁之間。忽聞得一陣香風撲鼻。他回了性道。這香煙是從後面飄出。想是在後頭哩。拽開步。提着鐵棒。走將進去看時。也不見動靜。只見有三間倒坐兒。近後壁。却鋪一張尤吞口雕漆供桌。桌上有一箇大流金香爐。爐內有香煙馥郁，那上面供養着一個大金字牌，牌上寫着尊父李天王位，略次些兒寫着尊兄哪吒三太子位。行者見了，滿心懽喜，也不去搜妖怪，找唐僧，把鐵棒捻作個繡花針兒，揌在耳朶裏，輪開手，把那牌子并香爐拿將起來，返雲光，徑出門去。至洞口，唏唏哈哈，笑聲不絕。八戒、沙僧聽見，掣放洞口，迎着行者道：哥哥這等懽喜，想是救出師父也。行者笑道：不消我們救，只問這牌子要人。八戒道：哥阿，這牌子不是妖精，又不會說話，怎麽問他要人？行者放在地下，道：你們看。沙僧近前看時，上寫着尊父李天王之位，尊兄哪吒三太子位。沙僧道：此意何也？行者道：這是那妖家供養的我闖入他住居之所見人跡俱無惟有此牌想是李天王之女三太子之妹思凡下界假捏妖邪將我師父攝去不問他要人却問誰要你兩個且在此把守等老孫執此牌位徑上天堂玉帝前告個御狀教天王爺兒們還我師父八戒道哥阿常言道告人死罪得死罪須是理順方可爲之况御狀又豈是可輕易告的你且與我說怎的告他行者笑道我有主張我把這牌位香爐做個証見另外再備紙狀兒八戒道狀兒上怎麽寫你且念上我聽

行者道

告狀人孫悟空年甲在牒係東土唐朝西天取經僧唐

三藏徒弟告爲假妖攝陷人口事彼有托塔天王李靖同男哪吒太子閨門不謹走出親女在下方陷空山無底洞變化妖邪迷害人命無數今將吾師攝陷曲邃之所渺無尋處若不狀告切思伊父子不仁故縱女氏成精害衆伏乞憐准行拘至案收邪救師明正其罪深爲恩便有此上告

八戒沙僧聞其言十分懽喜道哥阿告的有理必得上風切須早來稍遲恐妖精傷了師父性命行者道我快我快多時飯熟少時茶滚就回好大聖執着這牌位香爐將身一縱駕祥雲直坐南天門外時有把天門的大力天丁與

護國天王見了行者一個個都控背躬身不敢攔阻讓他進去直至通明殿下有張葛許丘四大天師迎面作禮道大聖何來行者道有紙狀兒要告兩個人哩天師吃驚道這個賴皮不知要告那個無奈將他引入靈霄殿下啟奏蒙旨宣進行者將牌位香火放下朝上禮畢將狀子呈上葛仙翁接了鋪在御案玉帝從頭看了見這等這等即將原狀批作聖旨宣西方長庚太白金星領旨到雲樓宮宣托塔李天王見駕行者上前奏道望天主好生懲治不然又別生事端玉帝又分付原告也去行者道老孫也去四天師道萬歲已出了旨意你可同金星去來行者真個隨

着金星縱雲頭早至雲樓宮原來是天王住宅號雲樓宮。金星見宮門首有個童子侍立。那童子認得金星。即入內報道。太白金星老爺來了。天王遂出迎迓。又見金星捧着旨意。即命焚香。及轉身又見行者跟入。天王即又作怒。你道他作怒為何。當年行者大鬧天宮時。玉帝曾封天王為降魔大元帥。封哪吒太子為三壇海會之神。帥領天兵。收降行者。屢戰不能取勝。還是五百年前敗陣的讐氣。有些惱他。故此作怒。他且忍不住道。老長庚你賫得是甚麽旨意。金星道。孫大聖告你的狀子。那天王本是煩惱。只聽見說箇告字。一發雷霆大怒道。他告我怎的。金星道。告你假妖攝陷人口事，你焚了香，請良家開讀，那天王氣嘑嘑的設了香案，望空謝恩，拜畢，展開旨意看了，原來是這般這般，如此如此，狠得他手撲着香案道，這個猴頭，他也錯告我了，金星道，且息怒，現有牌位香爐在御前作証，說是你親女哩，天王道，我正有三個兒子，一個女兒，大小兒名君吒，侍奉如來，做前部護法，二小兒名木叉，在南海隨觀世音做徒弟，三小兒名哪吒，在我身邊，早晚隨朝護駕，一女年方七歲，名貞英，人事尚未省得，如何會做妖精，不信，抱出來你看，這猴頭着實無禮，且莫說我是天下元勛，封受先斬後奏之職，就是下界小民，也不可誣告，律云，誣告加

三等叫手下將縛妖索把這猴頭綑了那庭下擺列巨
靈神魚肚將藥叉雄帥一擁上前將行者綑了金星道李
天王莫闖禍阿我在御前同他領旨意來宣你的人你那
索兒頗重一時綑壞他合氣天王道金星阿似他這等詐
僞告擾怎該容他你且坐下待我取砍妖刀砍了這個猴
頭然後與你見駕回旨金星見他取刀心驚膽戰對行者
道你幹事差了御狀可是輕易告的你也不訪的實似這
般亂弄傷其性命怎生是好行者全然不懼笑吟吟的道
老官兒放心一些沒事老孫的買賣原是這等做一定先
輸後贏說不了天王輪過刀來望行者劈頭就砍早有那

三太子赶上前。將軟腰劒架住。叫道。父王息怒。天王大驚失色。噫。父見子以劒架刀。就當喝退。怎麼返大驚失色。原來天王生此子時。他左手掌上有箇哪字。右手掌上有箇吒字。故名哪吒。這太子三朝兒就下海淨身闖禍。踏倒水晶宮。捉住蛟龍。要抽觔為縧子。天王知道。恐生後患。欲殺之。哪吒奮怒。將刀在手。割肉還母。剔骨還父。還了父精母血。一點靈魂。徑到西方極樂世界告佛。佛正與衆菩薩講經。只聞得幢幡寶蓋。有人叫道救命。佛慧眼一看。知是哪吒之魂。即將碧藕為骨。荷葉為衣。念動起死回生真言。哪吒遂得了性命。運用神力法。降九十六洞妖魔。神通廣大後來要殺天王。報那剮骨之讐。天王無奈。告求我佛如來。如來以和爲尚。賜他一座玲瓏剔透舍利子。如意黃金寶塔。那塔上層層有佛。艷艷光明。喚哪吒以佛爲父。解釋了冤讐。所以稱爲托塔李天王者此也。今日因閑在家。未曾托着那塔。恐哪吒有報讐之意。故下個大驚失色。却卽回手。向塔座上。取了黃金寶塔。托在手間。問哪吒道。孩兒。你以劍架住我刀。有何話說。哪吒棄劍叩頭道。父王。是有女兒在下界哩。天王道。孩兒。我只生了你姊妹四個。那里又有女兒哩。哪吒道。父王忘了。那女兒原是個妖精。三百年前成怪。在靈山偷食了如來的香花寶燭。如來差我父子天兵將他拿住，拿住時，只該打死，如來分付道，積水養魚終不釣，深山喂鹿望長生，當時饒了他性命，積此恩念，拜父王爲父，拜孩兒爲兄，在下方供設牌位，侍奉香火，不期他又成精，陷害唐僧，却被孫行者搜來到巢穴之間，將牌位金來，就做名告了御狀，此是結拜之恩女，非我同胞之親妹也，天王聞言，悚然驚呀道，孩兒我實忘了，他叫做甚麼名字，太子道，他有三箇名字，他的本身出處，喚做金鼻白毛老鼠精，因偷香花寶燭，改名喚做半截觀音，如今饒他下界，又改了喚做地湧夫人是也，天王却纔有悟，放下寳塔，便親手來解行者，行者就放起刁來道，那個敢解我要便連繩兒擡去見駕老孫的官事纔贏慌得天王手軟太子無言衆家將委委而退那大聖打滚撒賴只要天王去見駕天王無計可施哀求金星說個方便金星道古人云萬事從寬你幹事忒緊了些見就把他綑住又要殺他這猴子是個有名的賴皮你如今教我怎的處若論你令郎講起來雖是恩女不是親女却也晚親義重不拘怎生折辯你也有個罪名天王道老星怎說箇方便就没罪了金星道我也要和解你們却只是無情可說天王笑道你把那奏招安授官銜的事說說他也罷了真個金星上前將手摸着行者道大聖看我薄面解了繩好去見駕行者

道老官兒不用解我會滾法一路滾就滾到也金星笑道你這猴忒恁寡情我昔日也曾有些恩義兒到你我這一些事見就不依我行者道你與我有甚恩義金星道你當年在花果山爲妖伏虎降龍强消死籍聚羣妖大地猖狂上天要擒你也是老身力奏降旨招安把你宣上天堂封你做弼馬溫你喫了玉帝仙酒後又招安也是老身力奏封你做齊天大聖你又不守本分偷桃盜酒竊老君之丹如此如此纔得個無滅無生若不是我你如何得到今日行者道古人說得好死了莫與老頭兒同墓乾淨會揭挑人我也只是做弼馬溫鬧天宮罷了再無甚大事也罷也

罷看你老人家面皮還教他自已來解天王纔敢向前解了縛請行者着衣上坐一一上前施禮行者朝了金星道老官兒何如我說先輸後贏買賣兒原是這等做快催他去見駕莫悞了我的師父金星道莫忙奚了這一會也喫鍾茶兒去行者道你喫他的茶受他的私賣放犯人輕慢聖旨你得何罪金星道不喫茶不喫茶連我也奈將起來了李天王快走快走天王那里敢去怕他沒的說做有的放起刁來口裏胡說亂道怎生與他折辯沒奈何又央金星教說方便金星道我有一句話兒你可教我行者道纔綑刀砍之事我也通看你面還有甚話你說你說說得好

就依你說得不好莫怪金星道一日官事年日打你告了御狀說妖精是天王的女兒天王說不是你兩個只管在御前折辨反復不已我說天上一日下界就是一年這一年之間那妖精把你師父陷在洞中莫說成親若有個喜花下兒子也生了一個小和尚兒却不悞了大事行者低頭想道是阿我離八戒沙僧只說多時飯熟少時茶滾就回今已天了這半會却不遲了老官兒既依你說這旨意如何回繳金星道教李天王點兵同你下去降妖我去回旨行者道你怎麼樣回金星道我只說原告脫逃被告免提行者笑道好阿我倒看你面情罷了你倒說我脫逃教

他點兵在南天門外等我。我即和你回旨繳狀去。天王害怕道。他這一去。若有言語。是臣背君也。行者道。你把老孫當甚麼樣人。我也是個大丈夫。一言既出。駟馬難追。豈又有汚言頁你。天王即謝了行者。行者與金星回旨。天王點起本部天兵。徑出南天門外。金星與行者回見玉帝道。陷唐僧者。乃金鼻白毛老鼠成精。假設天王父子牌位。天王知之。已點兵收妖去了。望天尊赦罪。玉帝已知此情。降天恩免究。行者即返雲光。到南天門外。見天王太子。佈列天兵等候。噫。那些神將。風滾滾。霧騰騰。接住大聖。一齊墜下雲頭。早到了陷空山上。八戒沙僧眼巴巴正等。只見天兵與行者來了、獃子迎着天王施禮道、累及累及天王道、天蓬元帥、你却不知、只因我父子受他一炷香、致令妖精無理、困了你師父、來遲莫怪、這個山、就是陷空山了、但不知他的洞門、還向那邊開、行者道、我這條路、且是走熟了、只是這個洞、叫做個無底洞、周圍有三百餘里、妖精窠穴甚多、前番我師父在那兩滴水的門樓裏、今番靜悄悄鬼影也沒個、不知又搬在何處去也、天王道、任他設盡千般計、難脫天羅地網中、到洞門前、再作道理、大家就行、喫約有十餘里、就到了那大石邊、行者指那缸口大的門兒道、兀的便是也、天王道、不入虎穴、安得虎子、誰敢當先、行者道我當先，三太子道我奉旨降妖我當先，那獃子，便莽撞起來，高聲叫道當頭還要我老豬，天王道，不須囉噪，但依我分擺，孫大聖，和太子間領着兵將下去，我們三人，在口上擺守，做個裏應外合，教他上天無路，入地無門，纔顯些些手段，衆人都荅應了一聲是，你看那行者，和三太子，領了兵將，望洞裏只是一溜，縱起雲光，閃閃爍爍，擡頭一望，果然好個洞詞，

依舊雙輪日月，照般一望山川，珠淵金井煖含煙，更有許多堪羨，疊疊朱樓畫閣，嶷嶷赤壁青田，三春楊柳九秋蓮，兀的洞天罕見，

頃刻間停住了雲光徑到那妖精舊宅挨門覓搜尋吆吆
喝喝一重又一重一處又一處把那三百里地草都踏光
了那見個妖精那見個三藏都只說這孽畜一定是早出
了這洞遠遠去哩那曉得他在那東南黑角落上望下去
另有個小洞洞裡一重小小門一間矮矮屋盆栽了幾種
花簷傍着數竿竹黑氣氳氳暗香馥馥老怪攝了三藏搬
在這裡還住成親只說行者再也找不着誰知他命合該
休那些小怪在裡面一個個嚌嚌嘈嘈挨挨簇簇中間有
個大膽些的仰起頸來望洞外略看一看一頭撞着個天
兵一聲嚷道在這裡那行者惱起性來捻着金箍棒一下

鬪將進去，那裡邊窄小，窩着一窩妖精，三太子縱起天兵，一齊擁上，一個個那里去躲，行者尋着唐僧和那龍馬，和那行李，那老怪尋思無路，看着哪吒太子，只是磕頭求命，太子道，這是玉旨來拿你，不當小可，我父子只爲受了一炷香，險些兒和尚拖木頭做出了寺，啐聲天兵，取下縛妖索，把那些妖精都綑了，老怪也少不得吃場苦楚，返雲光一齊出洞，行者口裡嘻嘻嗄嗄，天王掣開洞口，迎着行者道，今番那是您師父也，行者道，多謝了，多謝了，就引三藏拜謝天王，次及太子，沙僧八戒，只是要碎剮那老精，天王道，他是奉玉旨拿的，輕易不得，我們還要去回旨哩，一邊天王，同三太子領着天兵神將押住妖精，去奏天曹聽候發落。一邊行者擁着唐僧，沙僧收拾行李，八戒攏馬，請唐僧騎馬，齊上大路。這正是

割斷絲蘿乾金海　打開玉鎖出樊籠

畢竟不知前去如何，且聽下回分解。

總批

半截觀音不知是上半截，不知是下半截，請問世人還見上半截好，還是下半截好，一笑一笑。

第八十四回

難滅伽持圓大覺　法王成正體天然

唐三藏固住元陽出離了煙花苦套隨行者投西前進不覺夏時正值那薰風初動梅雨絲絲好光景

冉冉綠陰密風輕燕引雛新荷翻照面修竹漸扶蘇芳草連天碧山花遍地鋪溪邊蒲揷劍榴火壯行圖

師徒四衆躭炎受熱正行處忽見那路傍有兩行高柳柳陰中走出一個老母右手下攙着一個小孩兒對唐僧高叫道和尚不要走了快早兒撥馬東回進西去都是死路諕得個三藏跳下馬來打個問訊道老菩薩古人云海濶

從魚躍天高任鳥飛怎麽西進便没路了那老母用手朝西指道那里去有五六里遠近乃是滅法國那國王前生那世裏結下寃讐今世裏無端造罪二年前許下一個羅天大愿要殺一萬個和尚（若論不長進和尚還殺得出）這兩年陸陸續續殺勾了九千九百九十六個無名和尚只要等四個有名的和尚湊成一萬好做圓滿哩你們去若到城中都是送命王菩薩三藏聞言心中害怕戰兢兢的道老菩薩深感盛情感謝不盡但請問可有不進城的方便路兒我貧僧轉過去罷那老母笑道轉不過去轉不過去只除是會飛的就過去了八戒在傍邊賣嘴道媽媽兒莫說黑話我們都是會飛的

行者火眼金睛其實認得好歹那老母攙着孩兒原是觀音菩薩與善才童子慌得倒身下拜叫道菩薩弟子失迎失迎那菩薩一朵彩雲輕輕駕起諕得個唐長老立身無地只情跪着磕頭八戒沙僧也慌跪下朝天禮拜一時間祥雲渺渺徑回南海而去行者起來扶着師父道請起來菩薩已回寶山也三藏起來道悟空你旣認得是菩薩何不早說行者笑道你還問話不了我卽下拜怎麽還是不早哩八戒沙僧對行者道感蒙菩薩指示前邊必是滅法國要殺和尚我等怎生奈何行者道獃子休怕我們曾遭着那毒魔狠怪虎穴龍潭更不曾傷損此間乃是一國凡

人有何懼哉只奈這里不是住處天色將晚且有鄉村人
家上城買賣回來的看見我們是和尚嚷出名去不當穩
便且引師父找下大路尋個僻靜之處卻好商議眞個三
藏依言一行都閃下路來到一個坑坎之下坐定行者道
兄弟你兩個好生保守師父待老孫變化了去那城中看
看尋一條僻路連夜去也三藏叮囑道徒弟阿莫當小可
王法不容你須仔細行者笑道放心放心老孫自有道理
好大聖話畢將身一縱唿哨的跳在空中怪哉
好今骨頭輕筋頭多
上面無繩扯下頭沒棍撐一般同父母他便骨頭輕
佇立在雲端裏往下觀看只見那城中喜氣沖融祥光蕩

漾，行者道，好個去處，爲何滅法。看一會，漸漸天昏，又見那十字街，燈光燦爛，九重殿，香藹鐘鳴。七點皎星照碧漢，八方客旅卸行踪，六軍營隱隱的畫角纔吹，五鼓樓頭點的銅壺初滴，門邊宿霧昏昏，三市寒煙藹藹，兩兩夫妻歸繡幙，一輪明月上東方。

他想着，我要下去到街坊打看路逕，這般個嘴臉，撞見人，必定說是和尚，等我變一變了。捻着訣，念動真言，搖身一變，變做個撲燈蛾兒。

形細翼磽輕巧，滅燈撲燭投明，本來面目化生腐草中間，靈應每愛炎光，飄颻忙忙飛繞無停，紫衣香翅赶流

螢，最喜夜深風靜

待見他翩翩翻翻飛向三街六市，傍房簷，近屋角，正行時，忽見那隅頭拐角上，一灣子人家，人家門首掛着個燈籠兒，他道這人家過元宵哩，怎麼挨排兒都點燈籠，他硬硬翅，飛近前來，仔細觀看，正當中一家子，方燈籠上寫着安歇往來商賈六字，下面又寫着王小二店四字，行者纔知是開飯店的，又伸頭打一看，看見有八九個人，都喫了晚飯，寬了衣服，卸了頭巾，洗了脚手，各各上床睡了，行者暗喜道，師父過得去了，你道他怎麼就知過得去，他要起個不良之心，等那些人睡着，要偷他的衣服頭巾，粧做俗人

進城噫有這般不遂意的事正思忖處只見那小二走向
前分付列位官人仔細些我這里君子小人不同（逼真）各人的
衣物行李都要小心着你想在外做買賣的人那一樣不
仔細又聽得店家分付越發謹慎他都爬起來道主人家
說得有理我們走路的人辛苦只怕睡着急忙不醒一時
失所柰何你將這衣服頭巾搭聯都收進去待天將明交
付與我們起身那王小二真個把些衣服之類盡情都搬
進他屋裏去了行者性急展開翅就飛入裏面丁在一箇
頭巾架上又見王小二去門首摘了燈籠放下吊搭關了
門牕却纔進房脫衣睡下那小二有個婆子帶了兩個孩

子，生生聒噪，急忙不睡，那婆子又拿了一件破衣，補補納納，也不見睡，行者暗想道，若等這婆子睡了下手，却不悞了師父，又恐更深，城門閉了，他就忍不住，飛下去望燈上一撲，真是捨身投火，燄焦額探，殘生，那盞燈早已息了，他又搖身一變，變作個老鼠，嘖嘖哇哇的叫了兩聲，跳下來，拿着衣服頭巾，往外就走，那婆子慌慌張張的道，老頭子，不好了，夜耗子成精也，行者聞言，又弄手段，攔着門，厲聲高叫道，王小二，莫聽你婆子胡說，我不是夜耗子成精，明人不做暗事，吾乃齊天大聖臨凡，保唐僧往西天取經，你這國王無道，特來借些衣冠，粧扮我師父，一時過了城去，

就便送還，那王小二聽言，一轂轆爬起來，黑天摸地，又是
着忙的人，撈着褲子當衫子，左穿也穿不上，右套也套不
上，那大聖使個攝法，早已駕雲出去，復翻身徑至路下坑
坎邊，三藏見星光月皎，探身凝望，見是行者，來至近前，即
開口叫道，徒弟，可過得滅法國麼，行者上前放下衣物道，
師父，要過滅法國，和尚做不成，八戒道，哥，你勒措那個哩，
不做和尚也容易，只消半年不剃頭，就長出毛來也，行者
道，那里等得半年，眼下就都要做俗人哩，那獃子慌了，道，
但你說話通不察理，我們如今都是和尚，眼下要做俗人，
却怎麼戴得頭巾，就是邊兒勒住，也沒收頂繩處，三藏喝

道不要打花且幹正事端的何如行者道師父他這城中我已看了雖是國王無道殺僧却倒是個真天子城上有祥光喜氣城中的街道我也認得這里的鄉談我也省得會說却纔在飯店內借了這幾件衣服頭巾我們且扮作俗人進城去借了宿至四更天就起來教店家安排了齋喫捱到五更時候挨城門而去奔大路西行就有人撞見扯住也好折辨只說是上邦欽差的滅法王不敢阻滯放我們來的沙僧道師兄處的最當且依他行真個長老無奈脫了褊衫去了僧帽穿了俗人的衣服戴了頭巾沙僧也換了八戒的頭大戴不得巾兒被行者取了些針線把

頭巾扯開兩頂縫做一頂與他搭在頭上揀件寬大的衣服與他穿了然後自家也換上一套道列位這一夫把師父徒弟四箇字兒且收起八戒道除了此四字怎的稱呼行者道都作做弟兄師父叫做唐大官兒你叫做朱三官兒沙僧叫做沙四官兒我叫做孫二官兒但到店中你們切休言語只讓我一個開口答話等他問甚麼買賣只說是販馬的客人把這白馬做個樣子說我們是十弟兄我四個先來賃店房賣馬那店家必然款待我們我們受用了臨行時等我拾塊瓦查兒變塊銀子謝他却就走路長老無奈只得曲從四衆忙忙的牽馬挑擔跑過那邊此處

是箇太平境界入更時分尚未關門徑直進去行到王小
二店門首只聽得裏邊吽哩有的說我不見了頭巾有的（好點綴）
說我不見了衣服行者只推不知引着他們往斜對門一
家安歇那家子還未收燈籠即近門叫道店家可有閒房
兒我們安歇那裏邊有個婦人答應道有有有請官人們
上樓說不了就有一個漢子來牽馬行者把馬兒遞與牽
進去他引着師父從燈影兒後面徑上樓門那樓上有方
便的桌椅推開窗格映月光齊齊坐下只見有人點上燈
來行者攔門一口吹息道這般月亮不用燈那人纔下去
又一箇丫環拿四碗清茶行者接住樓下又走上一個婦

人來約有五十七八歲的模樣一直上樓站着傍邊問道列位客官那里來的有甚資貨行者道我們是北方來的有幾疋麤馬販賣那婦人道販馬的客人尚還小行者道這一位是唐大官這一位是朱三官這一位是沙四官我學生是孫二官婦人笑道異姓行者道正是異姓同居我們共有十個弟兄我四個先來賃店房打火還有六個在城外借歇領着一羣馬因天晚不好進城待我們賃了房子明早都進來了等我賣了馬纔回那婦人道一羣有多少馬行者道大小有百十疋兒都象我這個馬的身子却只是毛片不一婦人笑道孫二官人誠然是個客綱客紀

早是來到舍下第一個人家也不敢留你我舍下院落寬闊槽鍘齊備草料又有憑你幾百疋馬都養得下都一件

○鍘真

我舍下在此開店多年也有個賤名先夫姓趙不幸去世久矣我喚做趙寡婦店我店裏三樣兒待客如今先小人後君子先把房錢講定後好算帳行者道說得是你府上是那三樣待客常言道貨有高低三等價客無遠近一般看你怎麼說三樣待客你可試說說我聽趙寡婦道我這里是上中下三樣上樣者五果五菜的筵席獅仙斗糖卓面二位一張請小娘兒來陪唱陪歇每位該銀五錢連房錢在內行者笑道相應阿我那里五錢銀子還不勾請小

娘兒唱中様的合盤桌兒只是水菓熱酒篩來憑自家請
枚行令不用小娘兒每位只該二錢銀子行者道一發相
應下様兒怎麽婦人道不敢在尊客面前說行者道也說
說無妨我們好揀相應的幹婦人道下様者沒人伏侍鍋
裏有方便的飯憑他怎麽喫喫飽了拿箇草兒打箇地鋪
方便處睡覺天光時憑賜幾文飯錢決不爭競八戒聽說
道造化造化老朱買賣到了等我看看鍋底喫飽了飯鍋
門前睡他娘行者道兄弟說那里話你我在江湖上那里
不撰幾兩銀子把上様的安排將來那婦人滿心懽喜即
叫看好茶來廚下快整治東西遂下樓去忙叫宰雞宰鵞

煑醃下飯，又叫殺猪殺羊，今日用不了，明日也可用，看好酒，拿白米做飯，白麪捍餅，三藏在樓上聽見道孫二官，怎好，他去宰雞鵞，殺猪羊，倘送將來，我們都是長齋，那個敢喫，行者道我有主張，去那樓門邊，跌跌脚道趙媽媽，你上來，那寡婦上來道二官人，有甚分付，行者道今日且莫殺生，我們今日齋戒，寡婦驚呀道官人們，是長齋，是月齋，行者道俱不是，我們喚做庚申齋，今朝乃是庚申日，當齋，只過三更後，就是辛酉，便開齋了，你明日殺生罷，如今且去安排些素的來，定照上樣價錢奉上，那婦人越發懽喜，跑下去，教莫宰莫宰，取些木耳閩筍，豆腐麪觔，園裏拔些青

[illegible]烏梅湯，發麵蒸捲子，煮白米飯，燒香茶喫，那些，當廚的庖丁，都是每日家，做慣的手段，霎時間就安排停當，擺在樓上，又有現成的獅仙糖果，四眾任情受用，又問可喫素酒，行者道，止唐大官不用，我們也喫幾盃，寡婦又取了一壺煖酒，他三個方纔斟上，忽聽得乒乓板響，行者道，媽媽底下倒下甚麼家火了，寡婦道，不是，是我小莊上幾個客子送租米來，晚了，教他在底下睡，因客官到，沒人使用，教他們擡轎子去院中請小娘兒陪你們，想是轎扛撞得樓板響，行者道，早是說哩，快不要去請，一則齋戒日期，二則兄弟們未到，索性明日進來，一家請個表子，在府上耍

要待賣了馬起身寡婦道好人好人又不失了和氣又養
了精神教擡進轎子來不要去請西衆喫了酒飯收了家
火都散訖三藏在行者耳根邊悄悄的道那里睡行者道
就在樓上睡三藏道不穩便我們都辛辛苦苦的倘或睡
着這家子一時再有人來收拾見我們或滚了帽子露出
光頭認得是和尚嚷將起來却怎麽好行者道是阿又去
樓前跌跌脚寡婦又上來道孫官人又有甚分付行者道
我們在那里睡婦人道樓上好睡又沒蚊子又是南風大
開着窗子忒好睡覺行者道睡不得我這朱三官兒有些
寒濕氣沙四官兒有些漏肩風唐大哥只要在黑處睡我

也有些兒羞明此間不是睡處那媽媽[illegible]下[illegible]若[illegible]鬧
嘆氣他有個女兒拖着個孩子近前道爺親常言道十日
灘頭坐一日行九灘如今炎天雖沒甚買賣到變秋時還
做不了的生意哩你嗟嘆怎麽婦人道兒阿不是愁沒買
賣今日晚間已是將收舖子入更時分有這四個馬販子
來賃店房他要上樣管待實指望撰他幾錢銀子他却喫
齋又撰不得他錢故此嗟嘆那女兒道他旣喫了飯不好
往別人家去明日還好安排餚酒如何撰不得他錢婦人
又道他都有病怕風羞亮都要在黑處睡你想家中都是
些單浪瓦的房子那里去尋黑暗處不若捨一頓飯與他

喚了，交他往別家去罷，女兒道，毋親，我家有個黑處
風色甚好甚好，婦人道，是那里女兒道，父親在日曾做了
一張大櫃，那櫃有四尺寬七尺長，三尺高下，裏面可容六
七個人，教他們往櫃裏睡去罷，婦人道，不知可好，等我問
他一聲，孫官人，舍下蝸居更無黑處，止有一張大櫃，不透
風，又不透亮，往櫃裏睡去，如何，行者道，好好好，即着幾個
客子把櫃擡出，打開蓋兒，請他們下樓，行者引着師父沙
僧拿擔，順燈影後，徑到櫃邊，八戒不管好歹，就先跳進櫃（八戒入櫃便是蝸[illegible]而藏）
去，沙僧把行李遞入，攙着唐僧進去，沙僧也到裏邊，行者
道，我的馬在那里傷，有伏侍的道，馬在後屋拴着，喫草料

哩，行者道，齊來，把櫃擡來不謹挨着櫃兒捻住，方纔進去，呼
趙媽媽，蓋上蓋兒，插上銷釘釘鎖上鎖子，還替我們看看，那
里透亮，使些紙兒糊糊，明日早些兒來開，寡婦道，忒小心
了，遂此各各關門去睡，不題，却說他四個到了櫃裏，可憐
阿，一則乍戴個頭巾，二來天氣炎熱，又悶住了氣，畧不透
風，他都摘了頭巾，脫了衣服，又沒把扇子，只將僧帽撲撲
搧搧，你挨着我，我擠着你，濃到有二更時分，却都睡着，惟
行者有心闖禍，偏他睡不着，伸過手，將八戒腿上一捻，那
獃子縮了腳，口裏哼哼的道，睡了罷，辛辛苦苦的，有甚麽
心腸還捻手捻腳的耍子，行者搗鬼道，我們原來的本身

是五千兩前者馬賣了三千兩如今兩搭聯裏現有四千兩這一羣馬還賣他三千兩也有一本一利勾了勾了八戒要睡的人那里答對豈知他這店裏走堂的挑水的燒火的素與强盜一夥聽見行者說有許多銀子他就着幾個溜出去夥了二十個多賊明火執杖的來打劫馬販子冲開門進來諕得那趙寡婦娘女們戰戰兢兢的關了房門儘他外邊收拾原來那賊不要店中家火只尋客人到樓上不見形跡打着火把四下照看只見天井中一張大櫃櫃脚上拴着一疋白馬櫃蓋緊鎖掀翻不動衆賊道走江湖的人都有手眼看這櫃勢重必是行囊財帛鎖在裏

面我們偷了馬，擡櫃出城，打開分用，却不是好，那些賊，果
我起繩扛，把櫃擡着就走，幌阿幌的，八戒醒了道，哥哥睡
罷，搖甚麼，行者道，莫言語，沒人搖，三藏與沙僧忽地也醒
了道，是甚人擡着我們哩，行者道，莫嚷，莫嚷，等他擡，擡到
西天也省得跑路，那賊得了手，不往西去，倒擡向城東，殺
守門的軍，打開城門出去，當時就驚動六街三市，各舖上
火甲人夫，都報與巡城總兵，東城兵馬司，那總兵兵馬，事
當干已，即點人馬弓兵，出城赶賊，那賊見官軍勢大，不敢
抵敵，放下大櫃，丟了白馬，各自落草逃走，衆官軍不會拿
得半個強盜，只是奪下櫃，捉住馬，得勝而回，總兵在燈光

下見那馬、好馬、

鬃分銀線、尾嚲玉條、說甚麼八駿龍駒、賽過了驌驦款段、千金市骨、萬里追風、登山每與青雲合、嘯月渾如白雪勻、真是蛟龍離海島、人間喜有玉麒麟、

總兵官、把自家馬兒不騎、就騎上這個白馬、帥軍兵進城把櫃子擡在總府、同兵馬、寫個封皮封了、令人巡守、待天明啟奏、請旨定奪、官軍散訖不題、却說唐長老在櫃裏埋怨行者道、你這個猴頭、害殺我也、若在外邊、被人拿住、送與滅法國王、還好折辨、如今鎖在櫃裏、被賊劫去、又被官軍奪來、明日見了國王、現現成的開刀請殺、却不湊了

他一萬之數、行者道外面有人打開櫃拿出來、不見細羞
便是吊着打、且忍耐些兒、免了綑吊、明日見那昏君、老孫自
有對答、管你一毫兒也不傷、且放心睡睡、挨到三更時分、
行者弄個手段、順出棒來、吹口仙氣、叫變、即變做三尖頭
的鑽兒、挨櫃腳兩三鑽、鑽了一個眼子、收了鑽、搖身一變、
變做個螻蟻兒、蹤將出去、現原身、踏起雲頭、徑入皇宮門
外、那國王、正在睡濃之際、他使個大分身普會神法、將左
臂上毫毛、都拔下來、吹口仙氣、叫變、都做瞌睡虫、念一聲
唵字真言、教當坊土地、領衆佈散皇宮內院、五府六部、各
衙門大小官員宅內、但有品職者、都與他一個瞌睡虫、人

人穩睡，不許翻身，又將金箍棒取在手中掂一掂，幌一幌，叫聲寶貝變，即變做千百口剃頭刀兒，他拿一把，分付小行者各拿一把，都去皇宮內院、五府六部、各衙門裡剃頭。咦，這纔是

法王滅法法無窮，法貫乾坤大道通，萬法原因歸一體，
三乘妙相本來同，鑽開玉櫃明消息，佈散金毫破蔽蒙，
管取法王成正果，不生不滅去來空。

這半夜剃削成功，念動咒語，喝退土地神祇，將身一抖，兩臂上毫毛歸伏，將剃頭刀總捻成真，依然認了本性，還是一條金箍棒，收來些小之形，藏于耳內，復翻身還做螻蟻

鑽入櫃內現了本相與唐僧守國不題却說那皇宮內院宮娥彩女天不亮起來梳洗一個個都沒了頭髮穿宮內大小太監也都沒了頭髮一擁齊來到於寢宮外奏樂驚寢個個揜淚不敢傳言少時那三宮皇后醒來也沒了頭髮忙移燈到龍床下看處錦被窩中睡着一個和尚皇后忍不住言語出來驚醒國王那國王急睜睛見皇后的頭光他連忙爬起來道梓童你如何這等皇后道主公亦如此也那皇帝摸摸頭諕得三屍神咋七魄飛空道朕當怎的來耶正慌忙處只見那六院嬪妃宮娥彩女大小太監都光着頭跪下道主公我們做了和尚耶國王見了眼中

流淚道想是寡人殺害和尚即傳旨分付汝等不得洩出落髮之事恐文武羣臣褒貶國家不正且都上殿設朝都說那五府六部合衙門大小官員天不明都要去朝王拜闕原來這半夜一個個也沒了頭髮各人都寫表啓奏此事只聽那

靜鞭三響朝皇帝　表奏當今剃髮因

畢竟不知那總兵官奪下櫃裏賊臟如何與唐僧四衆的性命如何且聽下回分解

總批　滅法國殺了許多和尚固可恨也如今滅法的都是和尚如此則和尚又該殺了何足惜哉